赤ずきんの殺人
刑事・黒宮薫の捜査ファイル

井上ねこ

宝島社
文庫

宝島社

【目次】

赤ずきんの殺人　刑事・黒宮薫の捜査ファイル

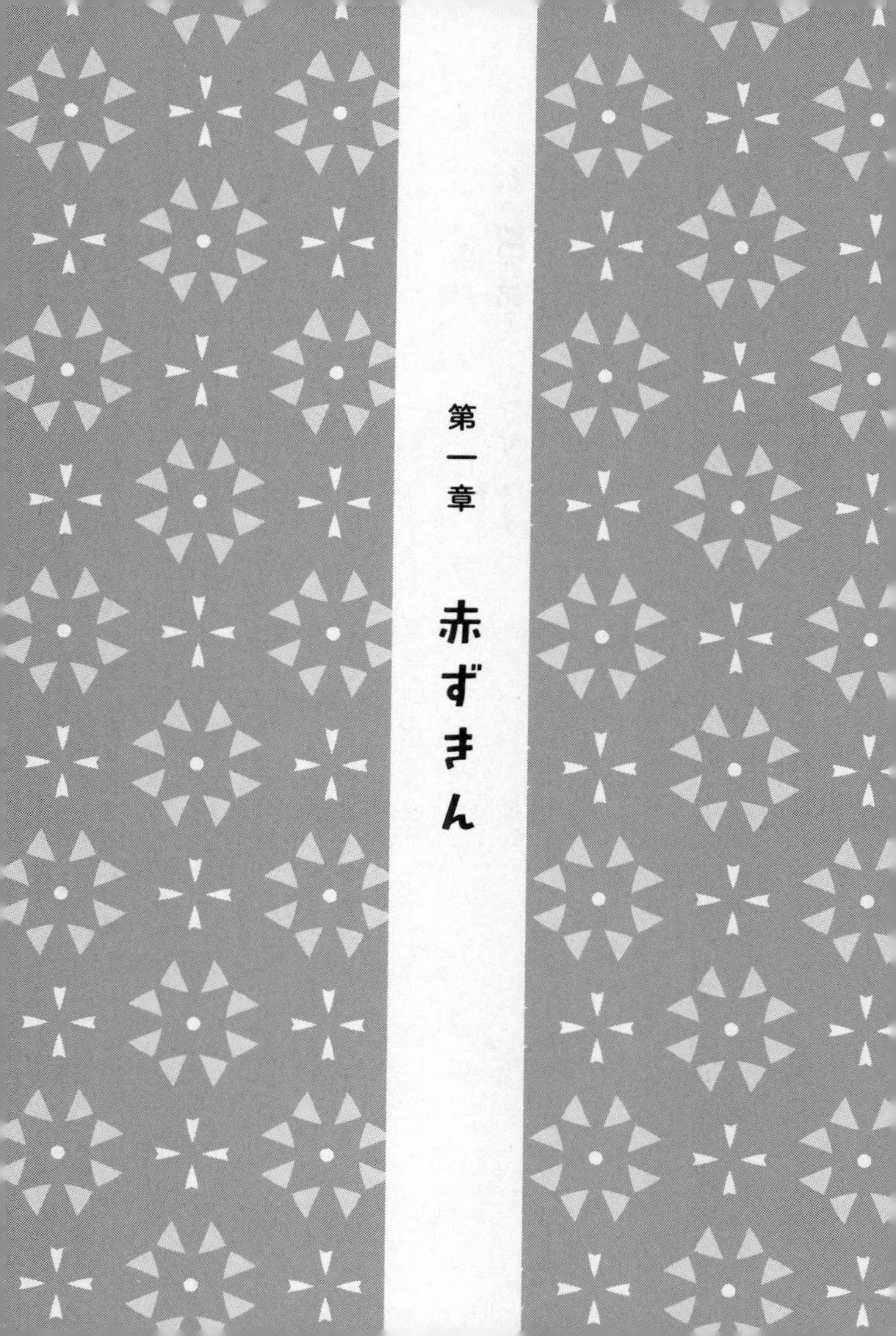

第一章　赤ずきん

わたしは赤ずきん。これから悪い狼に罰を与えることにするの。

お婆さんを騙して食べた狼にふさわしい処分方法はなにがいいかしら。やっぱり狼のおなかに石を詰めて動けないようにするのがいいわよね。

わたしが処刑した証拠として絵本を残しておくわ。

闇落ちした主人公からは誰も逃げられない。——グリムキラー

私の識別記号　いきせ　くあ

※　　※

四月三日、月曜日、朝の八時。名古屋市中川区の狭い路地には警察車両が駐車して、規制線が張られているにもかかわらず、近所の主婦層や通勤途中の人達が集まっていた。犬走英明巡査部長は規制している制服警官に目で合図をすると、規制線をくぐり

抜け臨場した。

犬走は二十九歳、愛知県警本部刑事部捜査第一課に所属する捜査員である。

殺害現場は二階建ての木造アパート「メゾン小林」。昭和時代を思わせるような古い建造物だ。一階の奥まった部屋に青いビニールシートがかけられ、鑑識の人間が出入りしている。

周りを見回すと、ひときわ背の高い男性が目についた。捜査一課長の岩崎良輔警視正だ。犬走は嫌な予感がした。管理職にある課長が現場に姿を見せることは珍しい。アパート住民の男性が殺害されたという話だったが、どうやら単純な事件ではないようだ。

課長に挨拶しようと近づくと、犬走に気がついた課長から「エーちゃんか。クロはどうした」と話しかけてきた。そういえば犬走の上司である黒宮薫警部補の姿はない。

「もうすぐ来ると思いますが」と犬走が言うと、課長は「そうか」と短く答えた。課長は百七十八センチある犬走よりも十センチほど高い。だから見下ろされているようで威圧感がある。

事件の概要を制服警官から聞こうと考えていると、黒のパンツスーツ姿の女性が臨場してくるのが目に入った。黒宮だ。小顔で色白の整った顔立ちとプロポーション、実年齢は三十一歳だが、見た目は二十代前半と言っても通用する。三十歳前後には警部に昇進するケースが多い国家公務員の準キャリア組なのに、まだ警部補なのは性格に難があるためだと言われている。実際に彼女の理不尽な性格に苦労してきた犬走からすると納得の人事だ。

とはいえ、実力は折り紙つきで、独自の情報網と優れた観察眼でこれまで数々の事件を解決している。

黒宮は犬走と目が合うと「面白い事件らしいわね。楽しみだわ」と弾んだ声で言った。彼女は黒宮班の班長であり、犬走とコンビを組んで捜査に当たることが多い。

現場に最初に駆けつけた若い制服警官から、報告を受けた。被害者はアパート一階に住む三村和敏という三十代の男性。殺害方法は絞殺。死後、腹を裂かれ石を詰め込まれていたというのである。

「腹を裂いたって、どうしてそんなことを」思わず犬走の口から言葉が漏れた。

「それがですね。わざわざ玄関まで死体を移動した形跡があるんです」警官は小声でささやくように言った。

「死体をすぐに見つけられるようにしたのかもね」

両眉を上げて発言した黒宮の整った横顔に、若い警官は魅入っている。

課長から指示が出て、黒宮班は鑑識が作業を終えるまで、聞き込みに回ることになった。アパートの大家が呼ばれて所在なげに立っていたので、まずは三村の入居状況や彼の生活態度などを訊いてみる。

「大人しくて、いい人に見えたけど。在宅ワークで働いているということで、住民や近所から苦情が来たことはなかったし。恐ろしいことになったがや」

「家賃の支払いなどはどうだったんです」

「それは大丈夫だったわ」

五十代ほどの年齢で、背が低く小動物を思わせる外見の大家はそう言うと、ぎこちない動作でブルーシートの張られた一室に目をやった。

「入居したときの書類を見せてもらいたいので、管理会社へ話を通してもらえますか」

犬走の言葉に、大家は瞬きを繰り返すと「それなんだけど」と歯切れ悪く言った。

「ひょっとすると、管理会社抜きで直接契約してたりして」

黒宮のツッコミに大家は「どこで調べたのか、直接家に来て、半年分の家賃を払うからと言うんだわ。保証人も付けるからと言うから、目の前の現金に目がくらんで。そのおかげで殺人の事故現場になってよー。家賃下げるしかないがね。やってられんがや」

がっくりと肩を落として愚痴を言う大家を、黒宮は憐(あわ)れむような眼差(まなざ)しで見ている。犬走は「書類はあなたが管理しているんですよね。よければコピーさせてもらえますか」と頼んだ。

犬走一人で大家の家を訪ねることになった。黒宮は腕を組みパンプスを踏み鳴らしている。一刻も早く殺害現場を見たいらしい。

中川区は名古屋市内でも犯罪率が高い区だ。狭い路地にある小公園に粗大ゴミが散乱している。粗大ゴミは回収場所が決められていて、自治体に依頼するか、自分で持ち込む必要がある。

三分ほど歩くと、狭い庭が付いた二階建ての住宅があり、大家は玄関で犬走を待たせて、奥に入っていった。最近リフォームしたのか、外観はきれいだった。リビングの方から女性の甲高(かんだか)い声が聞こえる。

「あんたが勝手に入れるから」とか、「賃貸借契約書の内容もデタラメみたいだし」

など、大家を責めるような罵声のあとに、何かを叩いたような乾いた音がした。犬走は家の中に入らなくてよかったと、ハンカチで額の汗を拭いた。

静寂が続き、様子を見るために家の中に入ろうかと考えていると、頬を押さえた大家が現れた。無言でコピーした賃貸借契約書と連帯保証人の同意書を渡してくる。

礼を言って玄関を出ると、今度はものを投げつけるような音が聞こえてきた。

現場に戻ると黒宮が隣家の庭先で中年女性となにか話し込んでいた。鑑識班が車両に荷物を積み込んでいるので、作業は終わったのだろう。靴カバーと手袋をして現場の103号室に足を踏み入れた。

被害者の遺体はすでに運ばれていた。部屋の中はズボラな人間にありがちな散らかり具合だった。キッチンにはカップ麺が重ねられている。キッチンの引き出しは開けられて、何か探していたといったように中身がかき混ぜられている。

転がったコップやゴミを避けながら、奥の部屋に行くと、玄関から黒宮が入ってきた。

「入居したときの書類は手に入れましたが、どうやら偽造されたもののようです」

犬走は黒宮に報告した。頭の中に甲高い罵声が蘇る。

「そんなことだと思ったわ。お金に汚そうな大家だったものね」と、すまし顔で黒宮は答えた。いつものことながら本当に胆力がある人だ。

余計な詮索を避けるために、ガメつそうな大家に金を握らせるのはありかもしれない。犬走は薄汚れた壁を見ながら、こんな物件だからこそ、うるさいことは聞かれないと三村は判断したのだろう、と考えた。

「三村という名前も本当かどうかわかりませんね」

犬走の疑問に黒宮は「運転免許証を偽造する方法なんて雑誌に掲載されていたりするから。それにこの部屋もなにか隠れ家みたいな感じよね」

裏モノと呼ばれる雑誌をパラパラとめくりながら黒宮は言った。

部屋の壁際にはインスタント食品やレトルト食品の段ボールが積み重ねてある。その横に漫画やサブカル系の雑誌が積み重ねられていた。

「在宅ワークというわりに、ノートパソコンもプリンターもないし。パソコンデスクだけでなにをやっていたんだろう」

犬走の疑問に、黒宮は「お菓子を食べたり、カップ麺を食べるテーブル代わりに使っていたようね」と答えた。

穢らわしいものを見るように、眉を顰めて言った黒宮の言葉通りに、デスクにはスナック菓子の袋や未開封のインスタント焼きそばの容器が置いてある。

黒宮はキッチンに向かうと、中型の冷蔵庫を物色し始めた。冷蔵庫の上部には国産ウイスキーが何種類も並んでいる。じっくりと見ると、今では入手困難なものもあった。三村はウイスキー党だったようだ。

冷凍庫には冷凍食品が詰め込まれ、ロック用の氷も用意されていた。ロックで飲むウイスキーを想像した犬走は唾を飲み込んだ。

シンクの横に置かれたトレイには肉厚のウイスキーグラスが置いてある。氷を入れたときのカランという涼しげな音が聞こえてきそうだ。

「エーちゃん。ウイスキーが好きなの」

後ろから黒宮の声が聞こえた。エーちゃんというのは犬走のことだ。英明と読むのだが、なぜか「えいめい」転じて「エーちゃん」と呼ばれる。

「いいウイスキーが揃っているんですよ。あれなんかオークションで一万円越えですよ」

犬走は並んだウイスキー瓶の一角を指差した。

「黙って持って帰ったら。誰にも言わないから」と、黒宮は犬走が欲しそうにしていた高級ウイスキーを手に持って差し出した。

思わず身を乗り出した犬走に黒宮は「エーちゃんが涎を垂らしてウイスキーを見ている顔を撮影しておいたから、あとで係長に送信しようかな。もしも、現場から高級酒が消えたりしたら、どうなるかしらね。部下から犯罪者を出したくないわ」とあざ笑うように言って、瓶を元に戻した。犬走は助けを求めるように「写真を撮ったというのは嘘ですよね」と黒宮に言った。

「冗談に決まっているでしょ。バカじゃないの」と黒宮は冷たく答えた。こうやって黒宮にからかわれるのはいつものことなのに毎度ひっかかる自分が情けないと、犬走は思う。

部屋を出て、近所に聞き込みに回る。時間は九時を過ぎていて、仕事に出ているのか留守が多かった。刑事というのは靴をすり減らす職業だというのがよくわかる。

現場に戻ってくると、路地に宅配便の車が駐車していた。荷物を抱えた男性が張り番をしている制服警官となにやら話をしている。

犬走が宅配便の男性に声をかけた。どうやらアパートの住民に荷物を届けに来たらしい。置き配希望の商品だというので、制服警官を同行させることで荷物を届けることを許可した。

戻って来た配達員に「いつもこちらのアパートに配達しているのですか」と尋ねる。

「配達区域なんで、よく来ますよ」と五十代の筋肉質の男性は答えた。

「ブルーシートのかかった部屋についてはどうです。なにか気になったことはありませんでしたか」

「なにか、事件でもあったんですか。あの部屋の人にはよく配達しましたよ。ほとんど置き配だったんで、どんな人かはよく知りませんが」

配達車の後部ドアを閉めながら、配達員は言った。キョロキョロしながら、何かを気にしているようで言葉に身が入っていない。

「あやしい人物を見かけませんでしたか。アパートに似つかわしくない人みたいな」

「あまり長く駐車していると、近所の人に通報されるんだけど……」と、迷惑顔で言ったあとに小声で「実は、うるさい人がいるんです」と付け加えた。

「ご近所の苦情はこちらでなんとかしますので、ゆっくり思い出してもらえますか」

配達員は運転座席に座り、シートベルトを締めると「そういえば、何週間前だったか。作業服を着て、頭にタオルを巻いた若い男性をアパートの一階で見かけたんですよ。それが土曜日だったんで、週末でも働くのかなとちょっと心に残ったんです」

「どんな雰囲気の人だったの」と、今まで黙って聞いていた黒宮が質問をした。

「マスクを着けていたんで、顔はよくわからなかったけど、イケメンふうだったかな。ゴツい安全靴に、ペンキのついた作業ズボンを穿いていたんです」

「ひょっとすると、外壁塗装の見積もりにでも来たのかしらね」

黒宮の意見に配達員は首を捻り「どうなんでしょうね」と答えた。それから「よかったら刑事さんの名刺をくれませんか」と言うので、犬走は名刺を渡し「情報があれば、ご連絡ください」と念を押した。

配送車を見送っていると、黒宮のスマホが鳴った。午後から中村西署で捜査会議が開かれるという。彼女は意地悪な微笑みを浮かべると「今回の事件は面白いわよ、会議が楽しみ」と言った。

犬走が大家の家に資料を取りに行っていた間に、黒宮はいろいろと情報を仕入れていたようだ。情報を部下と共有しないで一人で溜め込むところが黒宮の欠点でもある。

上機嫌な黒宮と二人で署に戻った犬走は聞き込みの成果を書類にまとめ、被害者の大家から渡された書類のコピーを課長に提出した。

午後四時から、中村西署の講堂で捜査会議が始まった。

まずは被害者の三村についての報告からだった。

「被害者の物と思われる財布からは『三村和敏』名義の運転免許証が見つかりましたが、精巧な偽造と判明。指紋のデータベースから被害者の本名は『石田徹(いしだとおる)』東京都出身の三十九歳とわかりました。警視庁の情報によると、石田は東京・神奈川など関東圏に亘(わた)る特殊詐欺の首謀者として指名手配中で、殺害現場のアパートに潜伏していたと思われます。手配写真では痩せていますが、変装のためか激太りして顔などの外見がかなり変わっています。死因は紐(ひも)状のものによる絞殺。死亡推定時刻は本日未明の三時から五時ごろ。喉部に擦過傷があり、死後に被害者の腹部がサバイバルナイフで切り裂かれ、十数個の石が詰め込まれていました。遺体の状況などからして、浴槽で腹を割き、その後玄関に遺体を移動したと思われます。部屋は荒らされ何かを探した形跡があり、小物入れからナイフや電気店のレシートが見つかりました」

課長の合図で次の捜査員が発言する。

「死体の発見者は中川武史、三十二歳、大型電器店の派遣社員。今朝の七時頃、いつものように朝のストレッチで床に仰向けになって運動していると、真下の部屋から、何かが割れるような音がした。三十分後、部屋を出て、一階の奥にある103号室のドアが開いていることに違和感を覚えた。何故なら今までドアが開いていたことがなかったから。先ほどの何かが割れた音も気になった。彼の叔父さんが、以前に脳卒中で倒れたことがあったので、様子を見に行くことにした。そして玄関で倒れている被害者を発見。救急車を呼んだ。記録によると時刻は七時四十分。尚、103号室の左隣は空室になっています。発見者が聞いたという音については、玄関横にあるキッチンのフローリングに割れたコップがあり、犯人が探索中に誤ってコップを落とし、あわててドアを閉めずに逃走したのではと……」

捜査員はそこで一区切りつけるように一息入れると、再び話し始めた。

「被害者の腹部に石が詰め込まれていたという猟奇的なやり方のほかに、遺体の傍に絵本の一ページが置かれており、さらにスマホの画面に不気味な文面が表示されていました。資料に写真を添付しましたので、ご覧ください」

犬走は資料をめくり、写真を見つめた。絵本の一ページは昔風の絵柄で狼が腹を押さえて倒れている場面が描かれていた。そばには猟師と赤ずきんを被った少女が立っている。もう一枚はスマホの画面を拡大したものだった。そこにはこんな文章が映っていた。

わたしは赤ずきん。これから悪い狼に罰を与えることにするの。お婆さんを騙して食べた狼にふさわしい処分方法はなにがいいかしら。やっぱり狼のおなかに石を詰めて動けないようにするのがいいわよね。わたしが処刑した証拠として絵本を残しておくわ。

闇落ちした主人公からは誰も逃げられない。――グリムキラー

私の識別記号　いきせ　くあ

資料を読んだ捜査員の中から、ため息とも驚きとも言える唸り声が湧き上がった。

「残されていたスマホはAndroid機種で、科捜研によると、『データの初期化と工場出荷時の状態への復元』がされていて、データの復元はかなり難しいとのこと。文章は初期化されたあとにメモ帳に打ち込んだと思われます。尚、ＳＩＭカードは手掛かりをなくすためか、抜かれていました」

「遺体に石を詰め込んだり、絵本や不気味な文章を残したのは、犯人からのメッセージだと思われるが、どうしてそんな面倒なことをしたのか」

課長の言葉に、黒宮が勢いよく挙手した。

「絵本については、私が子供の頃に読んだ『赤ずきん』の終わりのページだと思われます。それとスマホの文章からして、被害者の石田を狼に見立てているのではないでしょうか。つまり特殊詐欺団の首謀者である石田は童話にあるように罪もないお婆さんを騙して、食い物にした悪い狼というわけです。『赤ずきん』の童話ではこうなっています」

黒宮はスマホ型のＰフォンを取り出すと、画面を見ながら読み出した。

赤ずきんちゃんは、すばやく大きな石をたくさんもってきて、それをオオカミのおなかのなかにつめこみました。

やがて、オオカミは目をさまして、とびだそうとしましたが、石があんまりおもたいので、たちまちその場にへたばって、死んでしまいました。

「グリム童話集（1）」偕成社文庫　青空文庫より

不吉な予感に講堂は静まり返った。

「つまり、被害に遭った高齢者の関係者が悪い狼として石田を殺害したということか。となると詐欺被害者の情報が必要となるな。早急に警視庁などから情報を送ってもらうように手配してくれ」

課長の意見に、数人の捜査員が講堂を出て行った。

少し空気が緩んだところで犬走が手を挙げて、石田がアパートに入居した時の状況を報告した。

「つまり、名前、入居書類も全て偽造だったというわけか。ずいぶんと用意周到だが、石田は名古屋に土地勘があったとは思えないのだが」

「ネットで調べたとかじゃないですかね。今はなんでもネットで情報が入る時代ですから」

　課長の横に並んだ管理官の嶺晴雄（みねはるお）警視が発言した。背が高く痩せている課長と対照的に管理官は身長百七十センチにわずかに届かず、体重が八十キロ近い。

　管理官の言葉に納得いかないのか課長は続けた。

「犯罪者には独自のネットワークがある。ゆえに、誰かが手引きしたのかもしれない。詐欺団の被害者もそうだが、犯罪仲間についても情報を提供してもらわないと、この事件（ヤマ）は解決しないかもしれない。それと石田は身長百八十センチの男性で、体重もかなりあったはずだ。簡単に殺害されるとも思えない。顔見知りの犯行という可能性も高い。ところで、最後の識別記号というのはなんだろう。暗号みたいだが」

　課長の疑問に管理官が答えた。

「ランダムな言葉を並べただけじゃないですか。よくネットで特定の写真を選ばせたり、数字を答えさせたりとかあるじゃないですか。あれと同じで、模倣犯対策だと。派手な事件が起きると、すぐに自称犯人が現れますから」

　黒宮が挙手した。

「これはシーザー暗号と呼ばれる、簡単な暗号です。みなさん、スマホでもパソコンでもいいので、五十音表とか、ひらがな表を表示してもらえますか」
黒宮の言葉に会議室の全員がスマホやパソコンを開いた。犬走もスマホを使い「ひらがな表」で検索した。

あいうえお
かきくけこ
さしすせそ
たちつてと
なにぬねの
はひふへほ
まみむめも
や　ゆ　よ
らりるれろ
わ　を　ん

「シーザー暗号とは単純に文字を一定数でずらすだけの簡単な暗号です。まず『い』を上に一文字ずらすと『あ』になります。そして同じようにしていくと『いきせ　くあ』は『あかす　きん』と並び替えられます。空白の部分はたぶん、濁音だと推定されます。つまり『あかずきん』となるわけですね」

スマホの画面を説明通りに見ていくと、なるほど黒宮の説明通りだった。

「たしかに、そうなるな。だけどなんでこんな暗号を」

課長の言葉に黒宮は即答した。

「子供の頃に、そうした遊びが流行っていたんです。友達と秘密のやりとりをしていたので、すぐにピンと来ました。暗号の意味というか動機は管理官のおっしゃる通り今後現れる模倣犯と識別させるためでしょうね。つまり、今後も殺人が続く可能性があるというわけです」

冷酷にも聞こえる黒宮の発言に、会議場は深いため息と、息苦しい空気に包まれる。

管理官の指示に従い、犬走とは違う班が専属で警視庁などと連絡を取り合うことに決まった。黒宮班は犯人の足取り調査を担当、目撃者などを捜査することになった。

名古屋市中区にある県警本部の食堂は地下一階にある。一般の人も利用でき、午後六時という時間からか意外と混んでいた。

黒宮はチキンカツ定食、犬走はカツカレーを頼んだ。食堂は清潔で居心地が好い。

「犯人はどこで石田の居場所を知ったんでしょうかね」

まわりに一般人がいないことを確認してから、小声で犬走は黒宮に尋ねてみた。

「ネットで調べたくらいで見つかれば、警察はいらないわよね」

チキンカツの付け合わせのキャベツまできれいに食べてから、黒宮は言った。食べ物を残さないところは彼女の数少ない長所である。

「石田の情報を被害者に流したり、売ったりとかあるかもしれないですよね」

「どうかしら。とりあえず、あのボロアパートについて調べてみることから始めましょうか。しっかり目を開けてこれを見なさい」

差し出されたスマホ画面には「メゾン小林　入居者募集」に続いて不動産会社の名前と電話番号が書いてあった。どうやら、電話をしろということらしい。

自分のスマホを取り出した犬走はそこに電話をして、事務所の場所を聞き出し、アポを取った。

「営業時間が午後七時までらしいんですが、事務処理で残業しているというので、お話を聞かせてもらうことにしました」

黒宮に報告しながら、犬走は食器を持って立ち上がった。

中川区高畑（たかはた）にある不動産会社には二十代後半の清潔感のある男性が一人でパソコンを操作していた。

黒宮がいつになく積極的に、警察手帳を出すと「愛知県警の黒宮です」と名乗った。アパートの大家に対するときとはずいぶんと態度が違う。

「話は聞いています」と立ち上がった男性に黒宮は「部下の犬走巡査部長」と犬走を紹介した。

男性は黒宮の言葉に、「犬、ですか」と呟（つぶや）き、笑いを堪（こら）えるように顔を伏せ、わざとらしい咳（せき）をした。たぶん「警察の犬」という言葉が頭に浮かんだのだろう。

犬走は感情を抑えて男性に石田の写真を見せた。偽造免許証のものを拡大コピーしたものだ。

「私のお客さんにはいなかったと思いますが、明日にでも他の社員に聞いてみましょうか。ほかにもアンケート用紙があるので、調べてみますね」

　男性はわざと犬走と顔を合わせないように、視線を外して答えた。

「二ヶ月ほど、遡っていただければいいはずです」と犬走は言った。

「わかりました。時間外の内見予約が入っているので、すいませんが……」と男性は腕時計を見ながら答えた。

　調査を頼んで、事務所を出た。前を歩く黒宮の後ろ姿がいつもより硬く、早足になっている。

「別に気にしていませんよ。苗字については小さい頃から、からかわれていましたから。犬のように走れるんだろと言われて、今でも走るのは得意ですし、上から名前も覚えてもらえるし、いいこともあるんです。イヌというのは警察のスラングで刑事のことですし」

　小さい頃の記憶が犬走の脳裏をよぎる。確かに悪いことばかりではなかったが、佐藤や鈴木のような平凡な苗字に憧れはある。

「なんだ。それなら気を使って損をしたわ」

　素直に謝る気持ちはないようだが、彼女なりに気を使っているのだろう。彼女は歳上で階級も上、なによりも優秀な上司なのである。

現場のアパートに聞き込みに回ると、朝には仕事に出ていた住民の部屋に明かりがついている。

二階と一階の二部屋の聞き込みを終えたが、収穫はなかった。石田は目立たないように生活していたようで、住人の印象は薄かった。

アパートに訪れるのは、宗教の勧誘やチラシのポスティング、住人の知人くらいで、あやしい人物は見たことがないとの話だった。

最後に大家にもう一度、何か情報がないか尋ねることにした。

大家は頬の腫れは引いていたが、ムスッとした表情をしていた。家に上がれとも言わず、玄関先で対応するつもりのようだ。

「アパートをどこで知ったのか三村さんから聞いたことはありませんか」

「入居者募集の看板を見たから、なんて言ってた気もするけど。よくわからんわ」

「アパートのリフォームとか塗装とかはどうしているんですか。かなり老朽化しているようですけど」

黒宮のいささか失礼な質問に、大家は口を尖らせて「そういうのは管理会社に任せているんだわ」と答えた。

奥の部屋から「あんた。風呂に入ってくれないと、ちっとも片付かんがね」と甲高い声がした。

「もういいかね。あんたらのせいで、うちのヤツが機嫌悪くて参ってまうが」と吐き捨てるように言って、玄関の扉を閉めた。

犬走と黒宮はお互いの顔を見合わせて苦笑いした。

地下鉄の駅に向かって歩きながら、犬走はあたりを見回した。コンビニや商店がなくなると、街灯だけの寂しい風景が続く。防犯カメラも設置してないようだ。暖かくなったとはいえ、まだ四月だ。住宅の窓は閉められたままだ。犯人が朝の七時頃に現場の部屋から逃げ出したとしても、目撃者はなさそうだ。それに近くに小中学校がなく、現場付近は通学路から外れていると、制服警官から聞かされていた。

地下鉄の駅に通じる道路に出ると、急に通行人が多くなる。犯人がここまで来たら、学生や通勤者に交じってしまい、特定することは出来ないだろう。

署に戻り、栗原悦司係長に簡単な報告をしたあと、前日に続いて講堂で捜査会議が始まった。

「特殊詐欺については皆さんご存知だとは思いますが、被害者石田が仕切っていたチームは『ベータ』と自称しており、石田は『クライ』と呼ばれ、右腕と左腕に『チキン』・『レイン』と呼ばれる二人が所属。その三人が主要なメンバーとして案件ごとにメンバーを入れ替えていたようです。石田は情報に関しては徹底した管理をしており、東京都江戸川区の横の繋がりを排除して、メンバー同士顔も名前も知らないという状態だったみたいです。首謀者の石田が逃亡したので、他のメンバーの詳細は不明とのことです」

ここまでは詐欺団の概要だった。次は詐欺に遭った被害者たちの説明だった。

「詐欺被害者については、女性高齢者に重点を置いて調査をいたしました。そのなかに二千万円を詐取されて東京都江戸川区の自宅で自殺した七十八歳の女性がいました。被害者の夫はすでに病死。同居していた一人息子は当日朝、六時半に犬の散歩をしているのが犬仲間に目撃されています。その奥さんは朝八時、家庭菜園で近所の人と井戸端会議をしていたという証言があります。二人には一人娘がいて、つまり被害高齢者の孫というわけですが、彼女は複数の友人と一緒に過ごしていたというアリバイがありました。犯行当日、犯行現場のアパートからタクシーを使ったとして名古屋駅まで三十分ほど、それから始発六時二十分の新幹線で東京駅に着くのが八時十四分、東京駅から自宅近くの船堀駅までが最短で二十五分。タクシーで自宅に戻ったとしても、九時頃と思われます。尚自動車を使えば、名古屋から東京までおおよそ四時間。実際その家族に復讐するような雰囲気はありませんでした。大きな声では言えませんが、被害者高齢女性は家族からあまり好かれていなかったようで……頑固で自己中心的な性格だったらしいです」

東京まで出張した成果はあまりなかったようだが、少なくとも『赤ずきん』、すなわち詐欺被害者の孫娘が悪い狼を退治したというストーリーはあまり現実的ではないようだ。被害者の関係者に犯行が難しいなら……。

「誰かが復讐を代行しているんですかね」

犬走は小声で黒宮に言った。彼女は「どうかしら」と答えた。

管理官が黒宮を「なにか意見があれば、遠慮なく言ってみろ」と指差した。

「犯人候補を被害者の関係者に限定する必要はないでしょう。偶然石田の存在を知って、処刑しただけかもしれません。つまり快楽殺人をするためにグリム童話を利用しただけなのかも。そうした観点に立てば、執拗なくらい絵本や文章を使って見立て殺人を強調するところが説明できると思います。それに警察にもわからなかった石田の現住所を、詐欺被害者の関係者である一般人が突き止めるのは難しいかと」

　黒宮の発言に講堂がざわついた。課長は腕組みをしてなにかを考えている。

「隣家の人から聞いたんですが、庭から石が十数個なくなっているとのこと。殺した後に見立てを思いついたんですかね」

　黒宮がアパートの隣家住民と話していたのは、庭の石について聞いていたのか。それなら相棒に一言あってもよかったのでは。犬走は気が重くなった。

「犯人像について少し整理してみよう。まず石田の詐欺団による被害者説。これは今のところ該当者はおらず、どうやって石田の居場所を知ったのか、逃亡している男の部屋にどうやって入れたのか。さらに大柄な三十男がほとんど無抵抗に殺害されたのはなぜか。などを考えると可能性は低いかもしれない。次は正義漢を気取った快楽殺人説。これは、可能性は薄そうだが、わざわざ童話殺人を見立てることの説明にはなる」

課長の説明に、係長が「動機はともかく、犯人は複数犯か屈強な男性が考えられますが」と発言した。

「確かに、殺害の手口からして、そのような人物ではないと無理だろうな」

課長は頷いた。今までの情報からは、そんな男性はアパートの住民にも、聞き込みに回った時にもいなかった。

重苦しい空気を破るように、若い女性警察官が足早に入ってくると、管理官にメモを渡した。

メモを見ながら管理官と課長は何かを相談している。どうやら不慮の出来事でも起きたようだ。

課長が苦い薬でも飲んだような表情で「発見者の中川がSNSで死体発見の様子を公開してしまったようなんだ。すぐに削除するように要請したんだが、皆も情報漏洩には気をつけてくれ」

不完全燃焼のままに捜査会議は終了した。管理職は今後の対応を考えるのか、まとまって講堂を出て行った。係長が明日の予定を全員に伝えた。基本的に今日と同じものだった。

独身者用の宿舎である待機寮で早めに起きた犬走はネットで昨日の話を検索してみた。ＳＮＳではかなり話題になっていた。元の投稿は削除されていたが、ウェブ魚拓で保存され、拡散されていた。発見者の中川は被害者が腹を割かれ、石が詰め込まれた様子は目撃したようだが、すぐに警察に通報したためか、気持ち悪くてよく見なかったのか、絵本やあの不気味な文章が書かれたスマホ画面のことは知らないようだった。

いろいろ調べていくうちに、気になる記事を見つけた。過去に同じような事件が同じ中川区であったというのだ。それは一九八八年に起きた「名古屋妊婦切り裂き殺人事件」である。

事件の内容はウィキペディアに詳しく書かれていた。

妊婦が絞殺後、腹を割かれ胎児を取り出された後、電話の受話器とキーホルダーが詰め込まれていたというものだ。細かい部分に違いはあっても、腹を割き物を詰め込むという異常性は同じだ。だからこそ、ネットに取り上げられることになったのだろう。

しばらく考えてから、課長に報告するほどではないだろうと、係長に報告した。

「そうか、俺もなんか引っかかっていたんだ。中学生の頃の事件でな。当時は凄い騒ぎだったんだ。よし、こちらでも対応を考えるように要望しておく」

早めに署に行こうと、支度をしていると「朝から捜査会議をする」と連絡があった。

朝食は食べずに、コンビニでサンドイッチを買い込み、署に行くと、どこで嗅ぎつけてきたのか玄関付近にマスコミが集まっている。

二階にある刑事部屋に入ると、すでに黒宮が来ていた。

八時半から捜査会議が始まった。議題は発見者の中川と例の「妊婦切り裂き事件」についてだった。

「三十五年前のすでに時効が成立している事件なので、考えられるのは模倣犯ということですが、単に、事件を参考にしただけなのではないでしょうか。模倣犯なら、腹を切り裂いてから受話器は今はスマホ、それとキーホルダーも入れるはずです。つまり、犯人は一人でいる被害者の部屋にどうやって入るか、あるいは警察の捜査がどうなるのか、それらを調べて今回の殺害に役立てていたと思われます」

係長が発言した。

「となると、かなり入念な下調べをしていたということだな。猟奇的な手口から激情に駆られてという動機に見えるが、実は違うのかもな。そういえば……」

課長はなにかを思いついたように資料をめくり、やがて手を止めた。

「配達員が目撃したという塗装業ふうの若い男性がいたな。うちにもリフォームとか外装などの営業マンがよく来るんだ。そうした人間や宅配便の配達員に姿を変えて、下見したり部屋に押し入ったりした可能性もある。妊婦事件もあやしい人物が事件前に現場付近で目撃されていたたし。なにしろ迷宮化して時効が成立したくらいだから、参考にしたことは考えられる」

隣の管理官が「となると、各社の配達員にも聞き込みをしないといけませんな。それと石田の入居状況がはっきりすれば、どうやって犯人が石田の居場所を特定できたのかわかるんじゃないかな」と発言した。

すぐに黒宮が挙手すると「昨日も報告しましたが、大家の意見はアパートに設置された募集看板を見たのではというものでしたが、看板にある不動産会社に石田本人が内見に来たのかどうか現在問い合わせ中ですので、今日中にでも結果は判明すると思われます」

「石田の庭である関東圏ではなく、どうして名古屋に逃げてきたのか、そこに手がかりがありそうだ」

課長の意見で会議は終わった。

黒宮班は引き続き目撃者・不動産屋関係の聞き込みに回ることになった。黒宮は捜査方針が気に入らないのか浮かない表情をしている。

不動産屋には事前に連絡していたため、今度は二十代後半くらいの愛想が良い女性が出てきた。早速、石田が内見の申し込みをしたことはなかったか尋ねた。石田の顔写真を示すまでもなく、新聞やネットで写真は出回っているが、誰も石田のことは知らないという返事だった。

「他の不動産会社とは契約されていないとのことですが、ネットでも物件を見ることは可能だと思います」

フォローするような女性の言葉に、犬走は考えた。石田が直接不動産屋を介さなかったことは確かなようだ。どうやって大家の存在を知り、直接交渉できたのだろう。女性に質問をしてみた。

「個人の方は、知り合いとか親戚の方など、直接契約されることもあるかもしれません」

あの大家が石田と接点があるとも思えない。あるとしたら偽造書類を提出する必要はないだろう。大家の情報を石田に流した人物がいたとしたら？

「内見しながら、大家さんの情報を知ることは可能でしょうか」

「お客様のなかには、どんな大家さんなのか知りたいというかたもいらっしゃいます。なにかあったときに直接要望を伝えたいということもありますから」

なるほど、必ずしも石田にアパートを紹介した人間と大家に接点があるわけではないのか。その人物が以前に内見したことさえあれば、大家の情報を持っていてもおかしくはない。

最後にメゾン小林を内見した客はここ二ヶ月はいなかったという返事だった。築三十年と古いうえに、駐車場も完備していないので人気がない物件だというのである。あの大家が現金に釣られて契約した理由が腑に落ちた。女性社員の落ち着かない表情からして、そろそろ退散だなと犬走は、黒宮に目で合図を送った。

「最近は個人情報の取り扱いが難しくて。粗品を渡してアンケートをお願いしても、名前や連絡先を書いてくれることは少なくなったんですよ」

事務所の奥に座っていた、管理職のような中年男性が申し訳なさそうに言った。アンケート用紙から得られる情報はないようだ。礼を言って外に出ると、今まで黙っていた黒宮が「頭の良さそうな犯人だから、手がかりを簡単に残すようなことはしないかもしれないわね」と悔しそうに言った。

「班長が以前言ったように次の犯行はあるんでしょうか」

犬走の言葉に「当然あるわよ。あんな面倒な殺害方法をした犯人が、一回限りなわけないでしょ。すぐにでも手錠（ワッパ）を掛けてやりたいけど、今は無理だから、悔しいわ」といつもの強気な態度で黒宮は答えた。

通称『赤ずきん』事件、中村西署では「中川区アパート殺人事件」と事件名（戒名）が付けられた殺人事件は、アパートに出入りする不審者も見当たらず、東京・神奈川などの関東圏に亘る石田の被害者にも、それらしい人物は浮き上がってこなかった。捜査本部には次第に重苦しい圧迫感が漂い始めていた。

妊婦殺人事件も捜査本部の会見で「今回の事件には名古屋妊婦切り裂き殺人事件との共通点もあるが、過去の似た事件を犯人が参考にしただけで、基本的に別の事件である」という趣旨を発表してからは、ネットやマスコミも徐々に沈静化していった。

第二章 白雪姫

私は白雪姫。自分が生んだ娘を殺そうとしたお妃に、罰を与えるためにやってきた。知らない人も多いけど、悪い妃は最後に熱く焼けた靴を履かされて死んでしまうのよ。だから、私も同じやり方で処刑するつもり。

私がやった証拠も残しておくわね。お妃にぴったりなものを用意しておくわ。

闇落ちした主人公からは誰も逃げられない。　──グリムキラー

私の識別記号　せるらけへや

※　　　※

四月十日、月曜日。朝八時十五分。犬走は地下鉄に乗っていた。課長から連絡があり、昭和区福江一丁目で起きた殺人事件に臨場するように言われたのである。

現場近くの駅を出ると、スマホが鳴った。相手は昭和南署の水島慎一からだった。

彼とは警察学校の同期で仲が良く、一緒に食事に行ったりする。

「エーちゃん、そっちと同じような事件が起きたから、すぐに来てよ。本庁の課長に応援を頼んでおいたからさ」

「近くまで来ている。それでどんな感じなんだ」との質問に「来ればわかるから」と電話を切られた。

黒宮の「当然次がある」という言葉が頭に浮かび、脚を蟻が這い上がってくるような嫌な気分になる。

現場は空き店舗や閉鎖された工場が並ぶ一角だった。規制線の中から水島が「エーちゃん、こっち」と犬走を呼んだ。

水島は犬走よりも身長は五センチほど低いが、スラリとした現代的なイケメンである。良く言えば裏表のない、悪く言えば単純な性格で、友人としては付き合いやすい男だ。

「近くの会社に通勤する会社員が、閉鎖されている工場の扉が開いているし、嫌な臭いがするからと中を覗くと、死体を発見ということらしいよ」

水島に腕を引かれるようにして、臨場した。現場はコンクリートの床だった。ビニールの靴カバーと手袋を着ける。

鑑識班がまだ作業をしていたが、水島は犬走を邪魔にならない隅のほうに連れて行った。

入り口付近だけは搬入のためか、工作機械や段ボールなども片付けられて空間が空いている。そこで椅子に括(くく)り付けられた女性が死んでいる。

「免許証からすると池澤朋子(いけざわともこ)という女性なんだけど……」とそこまで話した時に、扉に影が差し黒宮が姿を現した。今日はグレーのパンツスーツ姿だった。ショルダーバッグから靴カバーを取り出すと、いそいそと履いた。いつもはブランド品のスニーカーなのだが、今日はローファーだった。現場を荒らさないというよりも、靴が汚れるのが嫌というふうに見える。

「あいかわらず、仲がいいのね」と苦笑いを浮かべて黒宮は水島に言った。それから椅子の遺体を見ると「ひょっとして、今度は『白雪姫』」と呟いた。

遺体に手を合わせた黒宮は、じっくりと観察を始めた。マスクを外すと鼻を鳴らして周囲の臭いを嗅(か)いでいる。それから床と焼けこげた作業員が使うようなゴツい安全靴に厳しい眼差しを向ける。

犬走は鑑識班の作業が一段落するのを待って、遺体を検分することにした。周囲からは何かが焼けこげた臭いとアルコール臭が混ざったような嫌な臭いがしている。

池澤朋子は四十代くらいの年齢で、皮膚にシワやたるみが目立つ。ドレスふうのワンピース姿なのに、足にはつま先に鉄板が入ったタイプのゴツいものを履いていた。足首から太ももまでにかけてストッキングが焼けこげて、ドレスの裾にも焼けた跡があった。足元には靴に付着した煤で書いたような「ユウ」と読める文字が残されている。

「それがさ。遺体の横に手鏡とスマホが置いてあって、スマホになんかおかしな文章が書いてあったらしいんだ」

いつのまにか横に来た水島が怪談を語るように話した。

「本当に、手鏡とスマホの文章があったの」

黒宮が水島を咎めるように尋ねた。水島は犬走の背後に隠れるようにして「鑑識班が回収していったから、どんな文章だったかはわかりません」と答えた。

水島は黒宮のような高圧的な女性が苦手なようだ。

課長が検視官を伴って入ってきた。昨年組織改正があって、検視官が増員された。

過去に事件性の有無を誤ったことがあり、その影響なのだろう。死体の状況からして他殺に違いないとは思うが、専門家に任せるのが一番だ。

　検視の邪魔にならないように、犬走たちは現場を離れた。課長の指示で黒宮と二人で近隣を目撃者探しに駆け回ることになった。

　現場の空き工場から数分歩けば、山王通りに出る。地下鉄鶴舞線の駅も近い。死亡推定時刻は昨日夜十時から日付が変わった零時頃らしい。

　黒宮と二人で目撃者や不審な車両情報などを聞き込んだ。

「今度の事件も前回と同じで童話の見立て殺人なんでしょうかね」

　犬走はハンカチで汗を拭いながら黒宮に聞いた。朝方は涼しかったが、次第に気温が上がって暑くなってきた。晴天なのは気分が良い。

「手鏡というか鏡でわかるじゃない。遺体はお妃の見立てでしょ」

　しばらく考えてから「鏡よ、鏡。ってやつですね。つまり『白雪姫』に出てくる悪いお妃が処罰された。ということですか。だけど、『白雪姫』って助けてくれた王子と結婚して幸せに暮らしましたというラストだったんじゃ」

「それがね。違うのよ」と言った黒宮は、近くにあった自販機に硬貨を入れ、スポーツドリンクのボタンを押した。犬走はポケットから熱中症予防のタブレットを取り出し、口に入れた。

自販機に寄りかかり、ドリンクを一口飲んだ黒宮は「初版のグリム童話は、お妃が白雪姫の結婚式に招待され、最後に熱した鉄の靴を履かされ、死ぬまで踊り続けるという残酷なラストになっているのよね。あまりに酷（ひど）い話だから、次の版から最後の場面は削られて、幸せになりましたというものに変更されたってわけ」

意地悪な微笑みを浮かべた黒宮は、ショルダーバッグのドリンクホルダーにペットボトルをしまった。

「となると、殺害の動機は親子関係の恨み。つまり被害者である池澤朋子の、昔でいう継子（ままこ）が犯人ということになるんですか」

「たしかに一般的に流布しているお話だと、お妃は継母になっている。だけど、初版だと実母なんだよね。これも実の子供を殺そうとするのはあまりに残酷だからって改変されたらしいわ」

生徒に教え諭すように言うと、黒宮は歩き出した。

すでに被害者の関係者へは、他班の捜査員が派遣されているだろうから、そんな単純な見立て殺人ならすぐに解決するだろう。前回と同じ犯人ならば、殺害計画は用意周到になされているはずだ。となれば、今回も難しい事件になることは想像がつく。

他の捜査員と連携しながら、現場周辺をくまなく聞き込んだが、成果は思わしくない。なによりも日曜日の深夜というのがネックだった。住宅地ならまだしも、このあたりは閉店の早い商業施設が多く、夜遅く起きている人間はほとんどいない。

不法駐車していた車両も朝になって移動したらしく、駐車している車は出勤後のものだろう。

昼休み、ショッピングモールの書店に寄って『初版グリム童話集』の文庫本を購入した。その後、食事を摂りながら、『白雪姫』を読んでみた。たしかに黒宮の説明と同じでお妃は熱された鉄靴を履かされて死んでいく。さらにお妃は白雪姫の実母だった。この残酷な内容ならば、後に改変されたのも納得である。

犬走が『白雪姫』を読み終え、ページを閉じると、黒宮が「どう、感想は」と尋ねてきた。

「童話を読んでみると結構残酷なものですね。子供時代、妹が絵本を好きでよく読んでいたから、あらすじくらいは知っていましたが……」

黒宮は深く息を吸い込むと、熱く語り始めた。

「昔話や童話は、非合理的とか荒唐無稽とか批判する人もいるけど。子供の価値観や想像力を育てるという意義があるから必要なの。親子のコミュニケーションにも役立つしね。私も父親から絵本を読んでもらって、童話の主人公が困難に立ち向かい、乗り越えることで、ハッピーエンドになることを知った。そこで勇気や希望をもらったの。だから、どんな動機にせよ、童話を犯罪に利用するのは許せないわ」

黒宮は鋭い口調で言うと、口をきつく結んだ。緊張感に耐えられなくなった犬走は買った文庫本をスーツのポケットにしまい込み「仕事に戻りましょうか」と言った。


天白南署で捜査会議が始まった。

被害者の池澤朋子の概要が説明された。四十五歳で住所は天白区塩釜口の実家住まい。彼女は二度離婚しており、二度目の結婚をしたときに、優香という五歳児が亡くなっていて、虐待死を疑われて逮捕歴があった。その後の捜査で娘は事故死として処理されていた。つまり、池澤朋子は『白雪姫』の悪いお妃ということだ。黒宮の筋読みはピタリと当たったのである。

現場に残されていた物証（ブツ）の説明の中に石田とは機種は違うがApple製のスマホが完全に初期化されて、残されていた文章が発表されると、会議室の室温が下がるような静寂が訪れた。

私は白雪姫。自分が生んだ娘を殺そうとしたお妃に、罰を与えるためにやってきた。
知らない人も多いけど、悪い妃は最後に熱く焼けた靴を履かされて死んでしまうのよ。
だから、私も同じやり方で処刑するつもり。
私がやった証拠も残しておくわね。お妃にぴったりなものを用意しておくわ。
闇落ちした主人公からは誰も逃げられない。　――グリムキラー

私の識別記号　せるらけへや

『赤ずきん』事件に携わっていた捜査員はさほど驚かなかったが、昭和南署関係者の

間に悲鳴に似た声が広がって行った。犬走の横に座っていた水島は口をポカンと開けて呆然としている。

課長が資料を叩いて、皆の注目を集めると、前の事件と今回の事件の類似点を説明し始めた。最後に、中年の捜査員が補足するように話し始める。

「……文末の識別記号というのか暗号について、前回は一文字ずらしたら『あかずきん』になったんですが、今回は『すりよくふも』と意味不明な文章になってしまいました。ですが、表の空白はスキップして二文字ずらすと『しらゆきひめ』と変換されました。どうやら二番目の事件だから、二文字ずらしということのようです」

「つまり、本物のグリムキラーだと、犯人は言いたいわけだ」

怒りを抑えるような口調で課長が言うと、別の捜査員が鑑識結果を話し始める。

犬走は報告を聞きながら、警視庁に派遣された捜査員の報告書に目を通した。

前の事件と違っていたのは、コンクリートの床に煤で書かれた「ユウ」という文字だ。靴先で書かれたようなので、朋子本人のものかどうか判読するのは筆跡と違い無理だろう。

事故死したという朋子の娘、園田優香は「ユウカ」と読むはずなのに、どうしてたという。「ユウ」なのかは、当時結婚していた夫の園田総一郎によると、朋子がそう呼んでいたということだった。だから朋子本人が書いた裏付けの一つになった。

「犯人の動機が池澤朋子を処罰するものと仮定すると、被害者の関係者ということになる。そのあたりはどうなっている」

「最初に結婚した松本亨介は二年前に病死。娘の志保は二十三歳で、現在婚約者がおり、六月に挙式予定。事件当日の夜は婚約者の両親と食事をして、そのまま四人で婚約者のマンションに宿泊。婚約者他の証言が取れております。被害者のことも婚約者に話をしており、幸せな状況なので動機はなさそうです。次に結婚した園田総一郎四十八歳については、娘の優香が事故死した一年後、今から五年前に離婚して、現在は十五歳年下の女性と再婚しています。事件当夜は九時半頃まで友人と会食、その後は夫婦で成城の自宅で過ごしていたとのこと。警視庁の報告では会食を共にした友人からの裏付けは取れている。という説明でした」

「どうやら親族関係にはアリバイがあって動機はない。こちらの線は薄そうだな。名古屋に帰って来てからの行動になにかヒントはないのか。被害者がアルコール依存症になっていた原因とか、そのあたりはどうなっている」

「池澤朋子がこちらに帰って来たのは、どうやら経済的な原因のようです。離婚後、三年ほど東京で水商売をしていたようですが、食い詰めて、実家を頼って名古屋に戻り、スーパーの惣菜売り場でパートをしていたようです。被害者の友人によると、昔の贅沢な生活が忘れられず、酒に酔うことで今のパート生活のウサを晴らしていた。それでも、財布には断酒会のカードが入っていましたので、禁酒を始めたのかもしれません。会に連絡を取りましたが、会員情報は教えられないとのことでした。さらには母親の介護もしていたようです」

「都落ちして、アルコールに溺れている中年女性を殺害する動機を持つ人間は誰だ。というわけか」

質疑が始まったので、犬走は挙手して疑問をぶつけた。

「『赤ずきん』事件の石田さんは自室で殺害されていたのですが、この件は空き工場が現場です。被害者の朋子さんはどうやってそこに連れて来られたんでしょうか」

「彼女は国産車を所持しており、実家の庭を駐車場にしていたようですが、そこには駐車されていませんでした。ですから現場の空き工場に呼び出され車で行ったのではと。現在対象車両を捜索中であります」

「呼び出されたとなると、顔見知りの犯行ということも考えられるな」

課長の言葉の後に、捜査方針が発表された。名古屋に戻って来た時期に殺害の動機が生まれた。ここ三年の池澤朋子の生活に焦点を絞って捜査するとのことだった。

黒宮班は本庁に戻り、二件の殺人の共通点を探ることになった。

二階にある刑事部屋の一角だけ空席が目立っていた。稲沢市で児童に対する不審者の声掛けや誘拐未遂事件が起きていて、そちらに応援を取られているからである。なんでも子供の間では「お菓子婆さん」事件と呼ばれているらしい。

まずは『白雪姫』事件から検討することにした。

朋子の娘優香が事故死した調書を読むと、添付されている現場写真に寝室のものがあった。そこに姿見と呼ばれる全身を映す鏡が設置されていた。童話に出てくるお妃のように「鏡よ、鏡、この世界で一番美しいのは誰」と姿見に向かってつぶやく朋子が想像出来る。

朋子が贅沢な生活をしていたのは、優雅な寝室の写真を見ただけでも間違いないと思われた。次に、ベビーシッターの椎名真生という学生の証言を読む。

「週の半分をシッターの私に任せっぱなしで、美容院やエステに通っていました。優香ちゃんは母親よりも私に懐いていたような気がします。事件のあった日は、私は学校があり、お昼まで授業を受け、午後からは友人とショッピングに行ってました。その日の夜にシッターの仕事のことで電話を入れて、初めて事件のことを知りました。虐待のことはよくわかりませんが、時折優香ちゃんが暗い顔をしたり、黙り込むことはありました」

死体検案書によると、ベッドでうつ伏せになって口に入れた毛布による窒息死だが、体には痣などの痕はなく虐待されていた様子は見られないようだ。さらには、怪我や骨折で病院に運ばれた記録も残されていない。

朋子によると家は施錠され、外部から侵入された形跡もなかったと証言があった。つまり、事故のあった時は昼寝をしていた朋子一人だけが在宅していたということになる。

朋子は逮捕されたものの、結局、証拠不十分で不起訴処分になったわけだった。

東京時代の朋子よりも、名古屋に帰って来てからが本題だ。ふと、思いついた。最初の被害者石田と朋子に関連はないのだろうか。

石田が殺害された時に、聞き込みに回った情報のメモがあるので、手帳を眺めた。朋子らしき人物の目撃例はなかった。当時の記憶を蘇らせると、アパートの大家はどうしているのだろうと気になった。まだ、奥さんに甲高い声で罵られているのだろうか。

黒宮が「池澤朋子の車が堀川沿いに駐車しているのが見つかったようよ。変わったタイプの自動車だったから間違いないでしょう」と話しかけて来た。

「やっぱり、現場に呼び出されたんでしょうかね」

「池澤朋子の方もなにか後ろ暗いことを考えていたのかもね。それなら人目のない場所で落ち合うのを嫌がることもなかったでしょう。犯人を殺そうとして、返り討ちにあうっていうのはよくあることだし。朋子にも殺害されるだけの動機があったんじゃない」

※　　※

東京都町田市の雑居ビルの一角に「暴露猫チャンネル」の事務所が存在していた。

壁際に撮影機材や照明器具が置かれ、事務所の中央にテーブルが置かれている。カーテンレールで仕切られたところにソファーやパイプ椅子、スチールデスクが並んでいた。

少し開けられた窓からは、外部の騒音が流れ込んでくる。

「バカヤロウ！　なんで今まで気がつかなかったんだよ。カメよ。俺を舐めてんのか。こんなおいしい大ネタをほっておくなんてよ」

カメと呼んだ男の頭をスチールデスクに押しつけながら、男は怒鳴った。

「すみません、ネコさん。本当に気がつかなかったんスよ。だって、一週間前にチェックしたときにはなかったんです。いつのまにかこんな件名で、迷惑フォルダーに入っていたから不思議だなって」

「メールのタイムスタンプを見れば、二つのメールは一週間以上経っているだろうが」

「一億円がもらえるとか、母親が明日死刑になる、なんてふざけた件名の迷惑メールばっかりで、そっちのフォルダーまで確認しきれなくて……。そんな怒んないでくださいよぉ」

ネコはカメの弁明を聞くと、カメの頭から手を離し、冷蔵庫に近寄り、エナジードリンクを二缶取り出し、一缶をゆっくりと放った。カメは大きな手で缶をキャッチすると、ホッとして笑みを浮かべる。

「俺もちょっと言いすぎた。立ち上げ時に出資してもらったのに、なかなか成果が出せなくてさ。イラついていたんだ。それに、ニュースをチェックするのもサボっていたし、タイムスタンプなんていくらでも改変出来るしな」

「ネコさん、あの識別記号ってのはなんでしょうね。ほら、暗号みたいなヤツ」

よくぞ聞いてくれたといわんばかりに、人懐っこい笑顔になったネコは、スマホに「あいうえお表」を表示させた。

「あの暗号文を一文字上にずらして、並び替えてみろよ。空白は濁音と考えればいい」

カメはネコのスマホ画面を見ながら、自分のスマホにフリップ入力しはじめた。

「なるほど『あかずきん』となりますね」

「そうだろ、二番目は一文字ではなく、二文字ずらすんだ。表の空白はスキップしとけ。ほれ、二番目の事件だからさ」

「なるほど……今度は『しらゆきひめ』になりました」

「シーザー暗号とかいうらしい。俺が子供の頃に、友達とか妹とかと一緒に遊んだものさ。子供でもわかる簡単なものだからな」

「さすがです」

カメがネコをおだてる。気をよくした様子のネコは何かを思い出したように続ける。

「話は変わるけど。バイトしたいっていう女の子がいるって言ってたろ。ほら、情報を集めるのがセールスポイントって子。すぐに連絡がつくか」

ネコの言葉に、カメは素早くスマホを取り出した。

「『赤ずきん』と『白雪姫』の絵本と童話を何種類か古本屋でいいんで、買ってくること。それと二つの事件の資料をネットや新聞から漁(あさ)ってまとめること。その成果を見て、正式に雇うか判断する。わかっていると思うが余計なことは教えるなよ。特にあの識別記号のことはな」

早速、バイト希望の女性に電話をかけながらカメは了解というように左手を上げた。

その仕草を見たネコは自分もスマホを出して、どこかに電話をかけ始めた。

「急な仕事を頼みたいんですが、いいですか。……そこを何とか、いつもの倍払うんで。すみませんね、で、サムネの内容なんですが、ナイフを持った赤ずきんちゃんと、腹に石を詰め込まれた狼。ウェディングドレス姿の白雪姫が悪いお妃にお仕置きをするという感じで。お妃は足を焼かれて踊っているところがポイントなんで。えっ、……グリム童話の最初の版はそうなっているらしいんですよ。とにかく派手な絵面でお願いします。なにしろ動画はサムネが命なんで」

電話を切ったネコはエナジードリンクを飲み干すと「気合いが入ってきたぜ。俺たちこれを機にメジャーに成り上がってやる」とカメに向けて、親指を立てた。

「こっちもオッケーです。あいつは若いのにいろんなことに詳しいんですよ、絶対に役に立つと思います」

カメはスマホをテーブルに置くと、ドリンクを手に取り、高く掲げた。

「本当は声のいい女の子が来ることになっていたんだが、都合がつかなくなってよ。困っていたんだ。その子をチームに入れることになったら『ハト』とでも呼ぶか」

「『ハト』ってどんな意味なんです」

小首を傾げて尋ねるカメに、ネコは「情報屋とかチクリ屋のことをポリは『ハト』と呼んだんだ。伝書鳩（でんしょばと）みたいに情報を運んでくるから付いたんだろう。今のスラングはコメントでリークするヤツのことだけどな」と答えた。

背後には高層ビルが立ち並ぶ夜景が映っていた。窓から見える光景なのか、それともバーチャル風景なのかはわからない。猫の被り物をかぶったゴツい体型の男が、隣に座っているハトのマスク姿の人物を指差して「今回からスタッフに加わってもらうポッポちゃんです。顔は見えないけど、可愛いからみんなも気に入ってくれると思うぜ」と紹介した。

雑貨屋で買い込んできたようなハトマスクで顔はわからないが、ピンクのトレーナー姿とスラリとした体つきからして女性なのだろう。彼女は「皆さん、よろしくお願いします」と軽やかな弾むような声で挨拶する。

「みんなサムネを見てくれたかな。今回は衝撃的な大ネタだ……。まずは最近名古屋市で起こった二つの事件から見ていこう……」

派手な効果音とともに「闇落ちした主人公からは誰も逃げられない。――グリムキラー」という血が滴ったような赤い文字が画面に現れた。そのメッセージは、犯人が「暴露猫チャンネル」宛にメールで送ってきたものだと男は言う。

ポッポと呼ばれたハトマスクの女性が「つまり、童話の主人公が、悪い狼と極悪お妃を処刑したということなんですか」と合いの手を入れるように言った。マスクで表情はわからないが、恐怖のためか、肩が震えている。

「そうだとしたら、グリムキラーはかなりイカれたヤツだと思うぞ。狂った正義感の持ち主かもしれないな」

「警察はなんて言っているんですか」

「ポリは基本なにも言わない。『赤ずきん』事件の件は発見者のSNSからの魚拓で裏は取れている。『白雪姫』事件は口封じをされているのか、なにも情報はない。これを見ているマスコミ諸君は真相を確かめるため、警察に凸して欲しい」

「気になるのは次の事件なんですけど。またグリム童話に関係するものになるんでしょうか」

グリム童話集の本を画面に突き出すようにしてポッポが言った。口調に何かを期待するような熱いものが感じられる。

「それはどうだろうな。グリムキラーは悪人だけを狙う正義の処刑人なのか。それともサイコパスの快楽殺人者なのか。いずれにしても、次なる動きがあれば動画にするつもりなんで、興味のある人はチャンネル登録して、通知ボタンをオンにしておいてくれ」

「ポッポからも一言。暴露猫チャンネルを応援してね。イイネ、高評価もよろしく」

二人が頭を下げたところで動画は終わった。

パソコン画面を眺め、満足そうに煙草に火をつけたネコは、「ポッポちゃん、なかなかいいじゃないか」と機嫌よく言った。

「男一人だとちょっと殺風景だったのが、女性が入るとフレンドリーな感じになりましたよね。例の識別記号について言及しなかったのは、マブネタだからですか」

カメはおもねるような口調で言うと、ガラス製の灰皿をネコの前に置いた。

「あれは、極秘ネタだからな。それに、グリムキラーと模倣犯の区別がつかなかったらどうするんだ。こういう事件が起きると『自分がやった』という人間が、大量に警察署に電話して来たり、手紙を送って来るらしいんだ。だからそういうヤツと犯人を識別するものが必要になるわけ。メールが来ても、あれでグリムキラーとガセを判別出来るだろ」

「そういう深い理由があったんですね。じゃ、あれだけは二人の秘密ということで。

了解です」

「わかってくれたか。昨日、アップしたヤツがバズったら、続編を考えるけど。それまでは小ネタで繋いでいく。熱い内に畳み掛けていくから、カメもこっちのほうに集中してくれな」

ネコは吸いかけの煙草を灰皿で押しつぶすと、立ち上がり「焼肉でも食べようや」とカメを誘ってきた。

事務所を出たネコは立ち止まり、あたりを見回すと「なんかさ、あんまりうまくいくと、心配になるんだよな」と不安の色を顔に浮かべる。

「ところで、ポッポちゃんは本当に信用出来るんだろうな。チームっていうのはさ、家族と同じで信頼出来る関係じゃないとダメだからな」

ネコはポケットからキーホルダーを取り出した。ホルダーの先には変わったものが付いている。

「身分保証書のコピーも取ってあるし、有能な女の子だと思いますよ。大ネタも入って、スタッフも増えた。神様が俺たちにメジャーになれって後押ししてるんですよ。ネコさんらしくないすっよ」

「そうかな。なんかタイミングが良すぎる気がすんだ。ところで、SNSマフィアって知ってるか」

ポツリと言ったネコに、カメは「なんスか、それは」と答えた。

「知らなきゃいいんだ」とネコは目の前で手を振って、駐車場の方に歩き始めた。カメは撮影用の機材を片手にネコの後を追う。

チャンネル登録数三千人ほどの時事・暴露ネタのYouTubeチャンネル「暴露猫」が公開した動画は、一部のSNSインフルエンサーが取り上げたりしたことで、急速に拡散していった。誰でも知っている『赤ずきん』や『白雪姫』が悪い狼やお妃を成敗するという派手な展開が世の中には受けたのだろう。更にネットニュースで記事になると、動画再生数と登録者数は激増していった。

※　　※

暴露猫の事務所は町田駅から歩いて十分ほどの場所にあった。表通りの華やかなビル群の狭い路地に、忘れられたように建っている老朽ビルの三階だった。部屋はカーテンレールで仕切られていた。

煙草臭い事務所のソファーに、動画で見た体格の良い男性が座っていた。さすがに猫の被り物はしていなかった。日焼けした顔に顎鬚を伸ばしている。

「愛知県警の犬走と黒宮です」と身分を名乗ると、不機嫌そうな表情で「忙しいので、手っ取り早く頼みますよ」と言った。犬走の名前にツッコミはなかった。

近くにいた三十歳くらいの男性が「どうぞ、腰掛けてください」と二人にパイプ椅子を勧めてきた。それから冷蔵庫を開けて「お茶くらいしかないんですが」と尋ねてくる。

「私はそこにあるエナジードリンクでいいわ」と黒宮が冷蔵庫の中を覗くようにして言った。

「綺麗なお姉さん、そっち系ですか。俺も好きなんです」とエナジードリンクの缶とペットボトルのお茶を取り出した。

「カメって呼んでください。スタッフをさせてもらっています」

スタッフをやっているという男は暴露猫と対照的に色白でスラリとした体型をして

いた。口もとを覆うようなマスクをしていたが、整った顔立ちが見て取れる。

犬走はお茶、黒宮はドリンク缶を手にして、パイプ椅子に座った。

「さっそくですが、例の動画についてお話を伺えればと」

犬走は高圧的にならないように、話を切り出した。

暴露猫と名乗った男はテーブルに置いたパソコン画面を二人に見せながら、グリムキラーからメールが送られてきた状況を説明した。

犬走はメモをしながら、黒宮はドリンクを飲みながら話を聞いている。

概要を聞いてから、持参したUSBメモリにメールをコピーしてもらった。署に戻ってから科捜研で精査してもらうつもりだ。

「ところで、どうしてあなたのチャンネルにタレコミがあったのか心当たりはありますか。他にも暴露系のユーチューバーはいるはずなんですが」

日焼けした太い腕を組みながら暴露猫は、スタッフの男に視線を一瞬だけ向けた。

「これは想像だけど。メジャーなところよりも、俺たちのような伸び盛りのところの方が、派手に取り上げてもらえると踏んだんだろうと思うな」

「そういえば、昔見た海外ドラマで、成績一番のセールスマンよりも二番目のセールスマンに任せたほうが良くしてくれる。なぜなら二番の人は一番になることに必死だから。っていうエピソードがあったわ。それと同じということね」

「それっスよ。黒宮さんとか言いましたっけ。話がわかるなあ」

暴露猫はそう言って笑った。今まで強面(こわもて)を意識していたのか、いったん殻を破ると、親しみやすい素顔が現れる。

動画で見た暴露猫の印象は元ヤンキーで、裏社会と繋がりがありそうというものだったが、どうやら意識して作り上げていたらしい。

「これはどなたにも尋ねているのですが、二つの事件のアリバイを確認させてもらえますか」

犬走の言葉に暴露猫は「ドラマとかで見たことあるんですが、本当に刑事さんは『どなたにも』なんて言うんですね。アリバイを聞かれるだろうと確認しておきました」とスマホを手に持った。

「四月三日、月曜日の午前零時から七時頃と、四月九日、日曜日の午後十時から次の日の朝くらいですね」

スケジュールアプリを開くと、暴露猫は答えた。

「三日の夜、町田駅にある居酒屋で、そこにいるカメと友人の三人で飲んでいました。それから新百合ヶ丘駅から歩いて十五分のところにあるアパートに帰り、朝九時にバイトしている映像制作会社に行きました。九日の夜は十一時までカメと一緒に動画編集をして、アパートに帰り、同じように朝九時にバイトに行きました。俺は名古屋には土地勘がないんで、とてもじゃないけど殺人をしてこっちにトンボ帰りするなんてことは無理ですよ」

緊張感の欠片もないように、スラスラと暴露猫は話した。暴露猫とカメにはアリバイがありそうだ。

二人の名前と住所を聞いたが、断られた。これ以上のことを尋ねようとすればきっと「礼状はあるんですか」などと言い出すに違いない。

黒宮が「ところでさ。動画にはポッポちゃんっていたじゃない。媚びた声を出す女性。今日はいないの」と尋ねた。

「彼女はまだ正式なスタッフじゃないので、必要なときに来てもらっているんです。それにメールが来たあとに手伝ってもらったので、今回の件とは関係ないんじゃないかな。彼女の個人情報を勝手に話すわけにはいかないので、そちらのほうで調べてもらえますか」

暴露猫は次第に態度がくだけてきた。それと同時に、話し方もフレンドリーになった。意外といいヤツなのかもしれないと犬走は思った。

「捜査上の機密については口外しないでもらえますか。それと、今後グリムキラーとやらからメールが来たら、真っ先に連絡してください。絶対に動画などにしないように。守れない場合はこちらも厳正に対処させてもらいますので」

守るかどうかはわからないが、一応釘を刺してから、犬走は暴露猫と名刺を交換した。さすがに名刺を出さないのは失礼と思ったのだろう。暴露猫の名刺にはメールアドレスとチャンネル名、BK企画という名前だけが書かれている。

「この名刺はいつから使われているんですか」

グリムキラーが名刺のアドレスを見て、連絡してきたのなら、そこから辿れるのではないか、犬走はそう思いついた。

「それは最近、パソコンで作ったんですよ。だからグリムキラーとは関係ないっスね。だいいちそれを使うのは今日が初めてなんだから」と暴露猫は笑った。

町田駅まで向かう途中、犬走は小声で「アリバイは確かそうですね」と黒宮に言った。平日の昼ということもあるのか、裏通りにはほとんど人がいない。

「あとで係長にでもメールで二人の情報を調べてもらいましょう。たしかに名古屋に土地勘がないと、犯行は厳しいわよね」

「それに、動機もなさそうですし」

「それはどうかしらね。ネタに困っていたら、自分で世間が騒ぐほどの事件を起こすってこともあるんじゃないの」

「いくら有名になりたいといってもそこまでやるものでしょうか」

「承認欲求のための殺人なんてよくある話でしょ。それにユーチューバーは結構稼ぎがいいらしいわよ。一時期小学生の憧れの職業だったじゃない」

そのとき、黒宮のスマホが鳴った。係長からのようだ。

「池澤朋子の園田姓時代の聞き込みに回るわよ」

「たしか世田谷(せたがや)区の成城に家がありましたよね」

「よく覚えていたわね。とっとと最短ルート調べて、案内して」

黒宮の言葉に慌てて、犬走はスマホで最短ルートを検索した。

町田駅から快速急行に乗車すると、二十分ほどで成城学園前駅に着く。

駅を出ると、午後一時過ぎになっていた。北口にあるドトールに入り、二人で同じセットドリンクを頼んだ。

場所がいいのか、店内はかなり混んでいた。なんとか席を見つけ座った。頼んだものが出来るまで少し時間がある。

頼んだものを待っていると、ベビーカーで来店する客がいた。赤ちゃんが泣いたら他の客に迷惑だと気を使っているのか、テイクアウト用のカップで注文をしている。そんな光景を見ていた犬走にある考えが浮かんだ。

「彼女もベビーシッターを雇っていましたよね。家事も仕事も人に任せられるって正直羨ましいな。贅沢な生活をして、童話に出てくるお妃みたいな存在だったんでしょうね」

誰が聞いているかわからないので、池澤朋子のことを「彼女」とぼやかした。

「当時の写真を見たら、結構綺麗だったから、美貌で勝ち取った生活だったんでしょ。事故さえなければ、何不自由ない生活を続けられていたのに、残念なことをしたわよね」

少しも残念と思っていないような顔で黒宮はそう言った。

成城は高級住宅街らしいが、確かに緑が多く住みやすそうだ。

朋子の元夫である園田総一郎は大手メーカーの部長職で、自宅には午後七時過ぎに帰るというので、犬走たちは近所に聞き込みをすることにした。

二階建ての洋風な家が園田の住んでいる場所だ。大型車が二台分は入りそうなカーポートが玄関横に設置されている。留守なのか自動車は駐車していない。

園田家の隣は瀟洒（しょうしゃ）な家で、カーポートには高級車が駐車していた。

インターホンを鳴らすと、中年くらいの女性の声が「どんなご用事でしょうか」と不審げな口調で返答をした。

「愛知県警の犬走と黒宮といいます。少しお聞きしたいことがあるのですが」と答え、警察手帳をインターホンのカメラに向かって開いた。

玄関のドアが開き、中年女性が顔を出した。ドアチェーンはそのままだ。

「園田朋子さんという女性がお隣に住んでいたのですが、ご存知ですか」

「朋子さん……園田さんの奥さんは奈津美（なつみ）さんというはずですが」

「八年前に結婚していたのは朋子さんなんですけど、再婚されたんですかね」

「八年前ですか。うちは五年前に引っ越してきたので、当時のことは知りません」

拒絶するような声で、ドアが閉まった。

黒宮は肩をすくめて「次に行こうか」と歩き出した。

少し離れたところに二階建ての家があり、開け放たれた窓から笑い声が漏れていた。

綺麗な庭にはガーベラが咲いていて、春めいた印象を与えている。

表札には「渡辺（わたなべ）」とある。インターホンを鳴らし、同じように用件を伝えると、先ほどとは真逆の反応が返ってきた。

玄関のドアが開くと、五十代ほどのふっくらした女性が「ちょうどお茶会をしているから、上がりなさいよ」と明るい声で手招きした。

「渡辺さんですか、玄関先でお話を聞かせてもらえれば結構なので」

犬走が断ると、横から黒宮が「いい匂いがしますね」と弾んだ声で言った。

「おいしいチョコレートケーキやアップルパイがあるの。刑事さんもお茶していきなさいよ」

ためらう犬走を横目に黒宮は靴を脱ぎ出した。しかたなく犬走も後を追った。

広いリビングには中年女性が二人ソファーに腰掛けて紅茶を飲んでいた。お茶会というのは本当のことだったらしい。

「刑事さんが、何年か前にいた園田さんの、前の奥さん。朋子さんとか言ったっけ。色々聞きたいんだって」

渡辺がそう言うと、黒宮をソファーに案内した。

「いい男じゃないの。本当に刑事さんなの」

ピンクのワンピース姿の女性が立ち上がり、棒立ちになっている犬走の腕を摑むと、無理矢理隣に座らせた。

「そちらのイケメンが犬走、エーちゃんと呼んでください。私は黒宮といいます。で、園田さんは再婚されたんですか」

「そうなのよ。今の再婚相手は奈津美さん。子供も生まれて幸せに過ごしているわよ」

警視庁の資料にもあったが、それなら殺害の動機はなさそうだ。犬走がそう考えていると、目の前にアップルパイがのった白磁の皿が置かれた。

「おいしいわよ。よかったら食べさせてあげようか」

ピンクの女性がアップルパイにフォークを刺すと、犬走の口の前に差し出した。

「自分で食べられますので」と犬走は手を振って断った。

チョコレートケーキを食べて、ナプキンで口を拭いた黒宮は質問を始めた。

「皆さん、ご存知だと思いますけど、園田さんの前の奥さん、朋子さんはどんな方だったんですか」

あれほどうるさかった女性たちが黙り込んだ。

「朋子さんは綺麗だったわよね。あれほどの美貌なら一生幸せに生きていけると思ってたけど。あんなことがなければね」

渡辺は飲み干した紅茶カップを置いてから、言った。

「あれだけ美容に気を使って、エステなんかに時間とお金を使っていたら、私だって美人で通るわよ。それに今はネグレクトというの、彼女は育児放棄気味だったしね。専業主婦なんだから、育児くらい自分の手でやらないと」

メガネをかけた中年女性が皮肉な口調で話すと、不快な笑い声を上げた。

「そうだわ。ベビーシッターを雇っていたわね。まだ学生の結構可愛いお嬢さんだった。両親が離婚して、父親を頼って上京したのに、父親が行方不明になっていて、それで経済的に困ってバイトを掛け持ちしていたんですって。可哀想にね。朋子さんとシッターさんは仲が良くて、親子みたいだなと微笑ましく思っていたんだけど」

「だけど。娘さんを『ユウカ』ではなく『ユウ』と呼んでいたのはどうかと思う。名前を正しく使わないのは教育に良くないのよ。だからベビーシッターさんまで同じように呼ぶようになって、私の娘なんて厳しく育てたから、今ではハイスペ夫と優雅に暮らしているわ」

「娘の優香さんのことを『ユウ』と呼んでいたんですね」

犬走は確かめるように言うと、黒宮と目を見合わせた。現場の床に靴先で書かれていた「ユウ」というのは報告にあったように、優香の呼び名だったのである。

「犬走も英明（ひであき）が本当なのに、みんな『えいめい』と呼んだので、エーちゃんになったんです。人は言いやすいように呼びますから、『ユウ』でもおかしくはないわ」

「あら、エーちゃんは英明というのね。初恋の人も同じ名前だったのよ」とピンクの女性は犬走の腕を強く摑んだ。

犬走は女性の手を振り解こうとしたが、スーツがシワになりそうだったので、そのままにしておいた。黒宮も同席しているのだ、誤解されることもないだろう。

「その優香さんの死亡事故については、みなさんどう思われます」

「あれは事故だったんじゃないの。いくらネグレクト気味でも、子供を殺すなんてことをするように見えなかったし。朋子さんが昼寝していたら、死んでいたんでしょ。家も鍵がかかっていたというしね」

「本当かどうかは知らないんだけど、事件の後に泥棒に入られた、なんて朋子さんから聞いたけど」

「これは噂だけど。離婚したあとに、熟女キャバクラで朋子さんが働いていたという話も聞いたわ」

黒宮は黙って、三人のマダムが勝手にしゃべっているのを聞いていた。犬走は隣の女性に断って、手帳を取り出してメモを書き留めた。何気ない一言でも、いつ役立つかわからないからだ。

話が落ち着いてきた時を見計らったように黒宮が口を開いた。

「先日、九日の日曜日の深夜に朋子さんが殺害されたんですけど、皆さんご存知でしたか」

ピンクの女性が驚いたのか犬走の腕を離して、大きく口を開けた。

「ええ、やっぱり。『白雪姫』殺人のあの女性が朋子さんだったの。苗字も、写真の雰囲気もまるで違っていたから」

「あら、本当に。ただの噂だと思っていたけど。ひょっとして私たち疑われているの」

怯（おび）えた声で渡辺が言った。

「バカねえ、そんなわけないじゃない。第一私たちに朋子さんを殺す動機がないでしょ。疑われているのは園田さんよ」

メガネ女性の冷静な言葉に一気に沈静化した。

「ところで、九日の深夜から十日にかけて、園田さんは自宅で過ごしていたというのですが、皆さんは園田さんを見かけたりしませんでしたか」

犬走はチャンスとばかりに質問をした。

「アリバイ確認というわけね」

「そういえば、私がココちゃんを散歩に連れて帰ってきた時にタクシーから降りてきた園田さんを見かけて、挨拶をしたわ。時間は家に戻ったら、日曜劇場のドラマが終わっていたから、十時少し前くらいだと思うわ」

夜の十時に帰宅していたとなると、十一時過ぎに名古屋で犯行を行うのはどうやっても無理だ。

結局、犬走たちは夕方の五時近くまで付き合わされた。犬走の隣にずっと座っていた女性に連絡先を聞かれたが、愛知県警の電話番号が載った名刺を渡すだけにとどめた。

「夕食も食べていけばいいのに」と渡辺に引き止められたが、丁寧に断った。今回は黒宮が悪ノリしなかったので救われる。

朋子と親しかったという元ママ友の電話番号を教えてもらって、聞き込みに回ったが、たいして情報は得られない。

その後、園田家を覗くと、国内外の高級車が二台駐車していた。園田夫婦が帰宅したに違いない。

連絡はしてあったので、園田の再婚相手の奈津美なのか、三十代前半に見える美人がすぐに出迎えてくれた。

園田は部屋着に着替えてラフな格好だった。ソファーに座ると、一方的に話し出した。

「警察にも言ったんですけど、朋子のことはもうとっくに忘れた存在ですから。亡くなったといっても、離婚して赤の他人ですしね」

奈津美はテーブルにお茶を置くと、子供を抱きえて部屋から出て行った。

アリバイを聞いたが、友人と会食後タクシーで午後十時頃に帰宅したと説明があった。問題はなさそうだ。再婚相手の奈津美も子供を放置して名古屋と自宅を往復するというのは無理がある。

「事故のあとに、朋子さんが泥棒に入られたとお話ししていたようですが、なにかご存知で」

「アクセサリーと宝石類が何点か無くなったと言っていたような気もしますが、それまで空き巣に入られたことはなかったので、朋子の妄想だと思います。プロの泥棒なら現金も狙うでしょうしね」と園田の返事はそっけない。

先ほどのおしゃべりマダムからの方がよほど情報を得られた。黒宮が目で合図するので、聞き込みを切り上げた。

駅まで歩く途中、犬走は「園田さんは娘の事故死についてあまり触れられたくない様子でしたね」と言うと黒宮は「誰でも思い出したくない記憶があるんじゃないの。特に小さな子供がからんでくるとね」と答えた。

成城学園前駅から新宿駅経由で東京駅に出て、新幹線の「のぞみ」に乗った。

時間帯がよかったのか自由席は結構空いていた。駅弁の食事を終えて、黒宮の様子を窺うと、車窓から夜の風景を楽しんでいるのか、機嫌は良さそうだ。

雑誌を読み始めた黒宮を横目に、犬走は先ほどの聴取をまとめて、係長にメールで送信した。暴露猫の名刺は証拠袋に入れて、写真に撮って添付した。

署に戻ると遅くなりそうだったので、直帰することを連絡した。


次の日、本庁に行くと、係長が暴露猫の情報を調べてくれていた。

ＢＫ企画というのが東京都渋谷区に登記されていたが、どうやらバーチャルオフィスというものらしい。登記されている代表者名は加納健太という名前だった。

「なんでも登記や郵便転送まで出来て月数万円で済むらしいんだな。内情を知らなければ、ちゃんとしたオフィスに見えるってわけだ」

係長の説明に黒宮は「町田の事務所は作業場というわけね。バーチャルじゃ何も出来ないもの」と答えた。

「送られてきたメールは科捜研に回したが、最近は敵も技術が進んで、送ったメールのIPアドレスを削除したりとか、簡単に追跡出来ないようになっているらしいんだ」

「こちらが追いかければ、向こうはさらに逃げるというやつですよね。ところで残されていた物証のほうはどうなんでしょうか」

「どれも出所の特定は難しそうだな。今は百均ショップとかあって、物が溢れているし。リサイクルショップとか、個人で売り買いすることも多いからな。さしたる動きがなくて、上も困っているんだ」

最初の事件から十日も経っているのに、さほど進展がない。なにしろ犯人の目星がさっぱりつかない。

「係長、エーちゃんと二人で、『赤ずきん』と『白雪姫』の事件を独自の視点で見つめ直してみたいと思うんですけど」

眉間を指で押しながら係長は「そうだな。課長に相談してみるか。今回の事件は普通の捜査では無理かもしれない」と力無く言った。

次の日、黒宮班は朝七時前に現場のアパートに臨場した。張り番の警察官はすでにおらず、頻繁にパトロールするだけになっていた。事件の起きた時間帯に再度家宅捜索してみようと黒宮が提案してきたのである。

部屋に入ると、閉め切られていたからなのだろう。湿気と生ゴミのような臭いが満ちていた。たまらずに窓を開けると、朝の爽やかな風が入ってくる。

部屋の中を見回していた黒宮は腰に手を当てて「この部屋少しおかしくない？」と問いかけるように言った。

雑然としているが、どこか生活感がない。短期滞在者用の部屋という印象だ。そういえばと思いついた。独身者の部屋にありがちな敷きっぱなしの布団が無い。一々押入れから布団を出し入れするほどマメな性格だったとも思えない。

押入れを開けると、上部には服類が掛かっていたり、段ボールに衣類が詰め込まれている。下のほうにはスナック菓子やカップ麺が乱雑に置いてある。布団はないようだと、再度調べると奥の方に寝袋のようなものが突っ込まれていた。

手袋を着けてから、それを取り出すと、やはり寝袋だった。布団がわりによく使用される封筒型寝袋だ。一見新品のようだが、首のあたりが一部破れていた。このタイプは防寒性に優れてはいないが、室内で使うぶんには十分だろう。

「どうやら布団のかわりに寝袋を使って寝ていたようですね」と犬走は黒宮に向けて

寝袋を見せた。

「石田はここで長く生活するつもりはなかったようだから、それで十分よね。それよりも、これを見て気がつかないの。ほら、何かないでしょ」

黒宮は窓際に置かれたデスクを指差した。

「そうか、椅子がないんだ。腰まであるデスクだから、椅子がないと座れませんよね」

デスクの下には、玄関のマットみたいなものが置かれていた。犬走は膝をついてマットを調べてみた。そこにはローラーみたいな跡が複数付いていた。キャスター付きの椅子でも使っていたのだろう。

「確かに椅子を使っていた跡がありますね。だけど、どうして椅子がなくなっているんだろう」

「犯人が処分したんでしょうよ」

「ということはDNAとか自分の血痕でも付着して、部屋の外に持ち出したということですか。あとで周辺を調べてみましょうか。そこら辺に不法投棄されていてもおかしくない」

「そうね。もう一つ、気になることがあるのよ」

黒宮はそう言って、キッチンの方に歩いて行った。

寝袋をどうしようかと迷ったが、元通りの位置に戻してから、黒宮の後を追った。

キッチンには電子レンジ、お湯を沸かすためのケトル、奥にはプラスチックのトレイがあり、そこに食器やグラスなどが雑に入っている。

その中にずっしりとしたロックグラスがあった。少し前にSNSなどで話題になったグラスの底が富士山になっているグラスもあった。

黒宮は横から手を伸ばし、ロックグラスを握ると、目の高さにかざした。

「意外とオシャレなグラスね」と言いながら、グラスの強度を確かめるように、中指の関節部分で叩いた。グラスが厚いのかほとんど音はしない。

グラスをトレイに戻すと、黒宮は冷蔵庫を探り始める。自炊はしていなかったのか、調味料やチーズ、サラミ、牛乳パック、ペットボトルなどしか入っていない。冷凍庫には冷凍ピザ、冷凍パスタ、ロックアイスなどが入っていた。

それからキッチンの引き出しを開けた。中身はハサミやボールペンなどの文房具類とSDカードの空きケースがあった。犬走がケースを取り出して見ると、中身のmicroSDカードはなかった。

横から黒宮が「お宝でも見つかったの？」とからかうような口調で話しかけて来た。

「SDカードを見つけたんですが、中のmicroSDカードがないんです。石田のスマホにカードが入っていたという報告はなかったから、犯人が取ったんでしょうか」

しばらく考え込んでいた黒宮は「そろそろ、部屋を出ましょうか」と言った。

アパート周辺を眺めてから、裏側に回る。隣の家との間に昔は農地だったのか、今では雑草が茂っている。雑草を踏んで歩くが、足跡は付きそうにない。

犯行当時は現場の窓には鍵がかかっていた。もっとも玄関が開いていたのだから、窓の鍵をかけて出ていけばいい。

犯行当時に窓が開いていたのなら、そこから侵入するのは意外と容易いかもしれない。だが、あの体格のいい三十男が無抵抗で絞殺されるのは、犯人が複数かそれとも薬でも使ったのか。検視報告では殺害時に抵抗の跡はほとんどなく、薬やスタンガンが使用された痕跡はないようだった。

外から見ると窓は一度も掃除をしたことがないのかと思うほど汚れていた。仮の住まいだから、窓を拭くようなことはしなかったのだろう。

窓枠はきれいに拭かれ指紋を採取したのか、その痕跡が残っている。

調べるのに飽きたのか黒宮は道路に向かって歩き始めた。そのとき、制服警官が自転車で走ってくるのが見えた。彼は自転車から降りると、犬走たちに駆け寄ってきた。近くに来て、不審者と思ったのが黒宮と犬走だと気がついたらしく、愛想笑いをした。

「ご苦労様です。このあたりで粗大ゴミを不法に捨てられたりする場所はありますか」

黒宮の質問に、地域課の中年警官は制帽の鍔(つば)に手をかけて少し考えると「二箇所ほどありますが、何かありましたか」と答えた。

「例えば、事務用の椅子なんかが捨ててあったのを見かけませんでしたか」

「椅子ですか。使えそうなものはすぐに誰か持って行ってしまうんですよ。自分で使用するならまだしも、ひどい時はリサイクルショップに売り飛ばしたりするらしいんです。ああいうものは意外と高く売れるみたいで。よかったらリサイクルショップを調べるように手配しておきましょうか」

「キャスター付きの椅子ってありますよね。そんな感じでお願いします。事件の後くらいからで」

ざっくりとした黒宮の説明だったが、警官は手帳にメモをしていた。

警官に教えてもらった粗大ゴミポイントを巡回したが、壊れたカラーボックスや割れた食器、破れた傘などがあるだけだった。

署に戻ろうとした時に、以前引っかかっていたものが、ふっと犬走の頭に浮かんだ。

「この辺りは不法駐車すると、近所の住民から通報がすぐ来るというような話を、宅配業者から聞いたことがあるんですが、本当ですかね」

「それがね。ちょっと神経質な人がいて、散歩という名のパトロールをしていて、交通課に協力してくれるんですよ」

あたりを窺うような仕草をして、警官は答えた。

「そうか、通報や切符を切られた記録を調べれば、石田と関係する人物が引っかかるかもしれないわね。いい考えだわ」

黒宮はパチンと指を鳴らすような身振りをしたが、実際には音はしなかった。

犬走はさっそく、係長に電話をして、石田のアパート付近で駐車違反の切符を切られたり、通報をされた車両情報を調べてほしいと依頼した。

本庁に戻り、空いている会議室で、犬走たちと係長はプチ捜査会議を開いた。

「最初の事件の犯人像は複数犯とか男性と思われていましたけど、かならずしもそうとは限らないのでは。というのも……」

黒宮は部屋からなくなった椅子から、被害者が大柄な男性でもキャスター付きの椅子があれば誰でも簡単に移動出来ることを説明した。

「たしかにその説は説得力があるが、被害者が無抵抗で殺害されたことはどう説明するんだ」

納得したわけではないようで、無精髭を弄りながら係長は言った。

「ここからはエーちゃんのお手柄なんですけど、被害者宅の押入れに寝袋があったんです。部屋に布団がなかったから、きっと寝袋を布団がわりに使っていたと。で死亡推定時刻が未明から早朝だったから、被害者は寝袋に入って寝ていた。そこを犯人に襲われ、寝袋から首を出しているところを絞殺された。私も昔キャンプしたときにマミー型の寝袋を使ったことがあるんですけど、ジッパーを首まで上げると両手両足がもう動かないんです。どんな体格の男性でも両腕が使えないと手も足も出せずに、無抵抗で殺害すのも可能なわけです」

「なるほど、その方法ならいけるな」

さきほどの表情とは反対に目を輝かせた係長は、ポンと手を打った。

「犯人が部屋に出入りしたのは窓からだと思います。東京時代、石田は高層階のマンションにでも住んでいて、あまり窓に鍵をかける習慣がなかったのでは」

「それなら、顔見知りじゃなくとも、部屋に入れるな」

「そういえば、窓ガラスは埃だらけだったのに、窓枠は意外と綺麗でしたね。そうか、椅子も窓から出しておいて、鍵をかけ、玄関から出た後に椅子を回収すればいいんだ」

犯人の行動が、ちょっとした発見から紐解けていくのが気持ちよかった。それに寝袋の件を自分の手柄のように報告してもらえたのもうれしかった。

「極端な話、女性でも犯行は可能だというわけだな。昭和区の事件も被害者は女性だし、さらに断酒中だったはずだが、解剖結果ではアルコール反応があったらしい。そうなると犯人像を見直さないと。……それから例の暴露猫の名刺から採取した指紋はデータベースでヒットしなかった。アリバイもあるっていうし、犯人が適当に暴露系から選んだだけなんだろう。一昔前は新聞社やマスコミに犯行声明を届けたものだが、今はユーチューバーというわけさ。じゃあ、寝袋の件は鑑識に頼んでおくからな」

係長は上に報告すると言って、会議室を出て行った。

「今の会議、報告書にまとめておいて」

黒宮は犬走に指示すると、出口に向かった。

「班長、寝袋の件ありがとうございます」

「ヒントを与えてくれたのは確かだし、部下が少しは使えると思わせないと、こっちも困るから」

そっけなく言うと、黒宮は足早に出て行った。

彼女の真意はわからないが、ひょっとしたら飴と鞭というわけなのかもしれない。

報告書をパソコンで作成している犬走に、係長が興奮した表情で「石田のアパート付近の通報記録に、面白いものがあったぞ。殺害日以降にはめぼしいものはなかったが、それよりも三月十八日の土曜日、午後二時になんと、池澤朋子さんの車両が駐禁の切符を切られていたんだ。アパートから数十メートルしか離れていない場所でな。車両に車椅子のシールが貼ってあったんだが、車椅子利用者が同乗していなかったらしいんだ」

「マジですか。とても偶然とは思えませんよね。やはり二人は何か繫がりがあったということですね」

「こうなったら、二人の関係性を徹底的に調べないとな。課長に報告してくるから、忙しくなるぞ」

二人の関係性はどうだったのだろうかと考えた。恋人か、もしくは犯罪者仲間か。石田を殺害するつもりで、アパートを下見していたということも考えられる。

次の日は、昭和区の『白雪姫』事件の再検討だった。石田と朋子の二人の繋がりに関しては他の班が担当している。

黒宮班は刑事課では浮いた存在なので、独立した行動をしても表立っては何も言われない。

死体発見現場には張り番の制服警官が立っていたので、挨拶をして規制線をくぐった。

遺体は運ばれていて、椅子のあった場所はチョークで描かれていた。

最初に訪れたときには、嫌な臭いが漂っていたのだが、時間が経ったためか、換気がされたためか、今はほとんど気にならない。

椅子は入り口から、十メートルほどの位置にあった。

朋子の死因は心因性のもので、恐怖心などによるショックの結果、心筋梗塞を引き起こしたという。

拘束されて、つま先が鉄板加工された安全靴を焼かれた時、被害者はどんな気持ちだったろう。じわじわとコンロで足を炙(あぶ)られるのでは、心臓が持たなかったに違いない。現場には固形燃料タイプのキャンプ用コンロが残されていた。

物証も昔ならいざ知らず、今はネット通販やフリマアプリ、リサイクルショップを使えば、アシがつきにくい。

実際、そちらの線では成果が上がっていない。

「それにしても、どうして朋子は逃げ出さなかったんだろうね」

腕組みをしてパンプスを踏み鳴らし、黒宮はイラついたように言った。

「椅子は固定されていなかったので、椅子ごと動くことは可能ですね。犯人が監視していたんじゃないですか。それとも椅子を動かせないように自ら椅子をつかんでいたとか」

「わざわざ足跡を消したのはなぜ」と黒宮は不満げに言った。

入り口のドアから椅子が置かれていた周辺が、箒(ほうき)で掃(は)いたようにきれいにされていたのである。だが、入り口付近に身元不明の足跡が付いていた。二十七センチのスニーカーのものだった。きっと、後ろ向きになって掃いていて、最後に自分の足跡を消すのを忘れたのだろうというのが鑑識の見解だった。それを裏付けるように工場内で使っていたと思われる箒が入り口付近に放置されていた。

　黒宮の疑問が犬走には腑に落ちなかった。工場内は二年ほど使用されていなかったので、埃が溜まっていた。だから足跡が付いたはずだ。工場を掃除するための箒を見つけて、足跡を消したのは納得がいく。

　犯罪者なら当たり前の行動だと思うのだが。黒宮に見解を述べたが、予想通り彼女は、自分の考えを教えてくれなかった。

「朋子が乗り捨てたという自動車を見にいくわよ」

　黒宮が指示を出して来た。彼女は先導するように早足で歩く。大通りには出ないで、裏道を通り、堀川の河原に着いた。歩きながら周囲に視線を巡らしていたのは、どうやら防犯カメラの存在を確認していたようだ。

　車両はすでに撤去されていた。目印のようにカラーコーンが置かれているだけだ。他にも車両が駐められているから、一時的な駐車場代わりにしている人がいるらしい。

「やっぱり土地勘があるようね」

黒宮は自分を納得させるように言った。

川沿いなので、いい風が吹いてくる。首筋の汗が冷えて爽やかな気分だ。

「本庁に戻ろうか」と黒宮が言った。

犯人には土地勘があり、石田の事件と同じで周到に殺害を計画していることははっきりした。別々の犯人が殺人を起こしたという可能性は低い。共犯者がいるのなら別だろうが。

※　　　※

「なんだよ。あいつら、コバンザメみたいに俺たちのネタで荒稼ぎしやがってよ」

エナジードリンクを叩きつけるように机に置いたネコは気分が悪かった。

「ヤフーニュースに載ったネタは、フリー素材みたいに使われますからね。メリットはあるけどデメリットもあったんですね」

「まあな。あれで再生数は爆上がりしたけどな。問題なのは、その後なんだ。グリムキラーからメールは来てないのかよ」

「それが、迷惑メールホルダーもしょっちゅうチェックしているんですけど、未だに……」

「ＳＮＳとか俺の人脈で他のネタのタレコミはあるんだが、裏付けを取るのが面倒なんだ。ポッポちゃんに頼んでもいいんだが。なんか有能だし、愛想もいいけどさ、俺たちの見ていないところでは、冷たい表情をしているような、裏がありそうな気がするんだ」

「彼女、一匹狼なところがあるから、よく人に誤解されるんだとは言ってましたけど。情報を横流しする危険性があるということですか」

カメの言葉が気に入ったネコは「けっこう鋭いな。意外と人を見ているじゃん。そういうことさ。俺たちのネタがフリー素材化されたら嫌だろ」

その時、カメのスマホが鳴った。画面に見入ったカメはメールアプリを開いた。すぐに「ネコさん、来ましたよ。グリムキラーから」と叫んだ。

今から一週間以内に、童話から抜け出した主人公が、再度悪人を処罰するだろう
——グリムキラー

私の識別記号　なこ　へて　を

メールを読んだネコは「犯行予告じゃねえか」と取り上げたスマホを片手に、踊るようにステップを踏んだ。

「識別記号、前は二文字ずらしだったから、今回は三文字ずらしだな」

ネコはそう言うと、スマホを操作する。それから画面をカメに向け「答えは『つぎはだれ』これだ」と告げた。

画面を見たカメは「本物ですね」とうれしそうに言った。

「徹夜で動画作るぞ。ポッポちゃんには当日まで何も言うなよ」

スマホをカメに返したネコは、冷蔵庫の扉を開けて舌打ちをした。

「エナジー切れてましたっけ。買ってきましょうか」と言うカメにネコは「ちょっとした食べ物も頼むわ。俺はシナリオを書くからさ」と一万円札を取り出した。

事務所を出ていくカメを見送ると、ネコはノートパソコンを開いた。スリープ状態だったのですぐにメールアプリで先ほどのメールを閲覧できる。返信したところで何も返事がないことはわかっている。前回もそうだったからだ。よく見ると添付ファイルがある。

しばらく画面を見つめていたネコは、意を決してファイルをクリックした。表示されたのは長野県伊那(いな)市の某所。ご丁寧に緯度・経度が数字で示されていた。時間も指定されている。明日十四日の午後十一時半となっている。

ファイルとメールをパソコンの隠しホルダーに保存してから、メールを削除した。すぐに、カメがケースに入ったエナジードリンクとレジ袋を両手に下げて帰って来た。

ネコはケースからドリンクを二本取り出すと、残りを冷蔵庫に保管した。釣り銭が机の上に置いてあるのを見ると「釣りは取っとけよ」とカメの方に釣り銭を押し出した。

手刀を切るような仕草をしたあと、カメは釣り銭をポケットに入れた。

「どうしたもんかな」と、ネコは独り言のように呟いた。

「すぐにアップじゃないんですか。今なら午後九時に間に合いますよ」

腕時計を見ながら、カメは言った。ユーチューブで再生が伸びる時間帯は午後六時から十時頃だ。これは、学生や会社員が帰宅して、暇つぶしに動画を視聴するからである。

「とりあえず、犯行予告だけ、さらっといっとくか。だけど、尺が足りないから悩むんだ。再生時間が稼げないからな」

「最近はいろいろ厳しいですね。これは提案なんですけど、前のヤツを総集編みたいにして水増しというのはどうです？　今日は間に合わなくても明日ならいけるんじゃないですか」

「なるほど。世間の反響なんかも入れたら、もっといけるな。よし、ポッポちゃんにすぐ来るように連絡してくれ」

ネコは手を擦り合わせて、喜びを表した。それからレジ袋からサンドイッチを取り出すと、かぶりついた。

「サムネは前のヤツをリサイクルしてと、チャチャッとシナリオを書くぞ」

テキストエディターを開いたネコは、キーボードを見ずに両手を使って文章を打ち込み始めた。

不安を煽るような効果音とともに、いつものように猫とハトの被り物をした二人が画面に登場した。同じスタッフジャンパーを着ている二人が「暴露猫のネコです」、「ハトのポッポちゃんでーす」と自己紹介をした。ネコと名乗った男がスマホのスクショ画面を晒すと、視聴者に内容がわかるように画面が拡大される。

「今から一週間以内に、童話から抜け出した主人公が、再度悪人を処罰するだろう――グリムキラー」

男が抑揚を抑えた声で文章を読み上げた。それに合わせるようにテロップがおどろおどろしいフォントで流れる。

「これって犯行予告ですよね」

ハトマスクの女が口に手を当て、恐怖に怯えるような挙動をしてから、男に尋ねた。

「たぶん、そうだと思う。これを見た全国の悪人は、今から怯えながら眠ることになるだろうな」

含み笑いをするように男は言った。

「犯行場所は書いてありませんけど、また名古屋市内なんでしょうか」

「どうだろう。犯罪者には縄張り意識があるからな。ほら狩猟者は自分のテリトリーで狩りをするもんだろ」

「そうですよね。旅行なら見知らぬ土地に行きたいと思うけど、犯罪をするなら違いますよね」

「ポッポちゃん意外と、やばい趣味持っていたりして」

間を置くように、二人は正面を向いた。

「ここで、ちょっとグリムキラーについて振り返ってみたいと思います」

女の言葉から少し遅れて、過去の動画が流れる。ダイジェストらしく必要最小限に編集されていた。三分も経った頃、再びスタジオに戻った。

「皆さんから、大変な反響をいただき、俺たちのチャンネルが大きく羽ばたくきっかけになりました。ありがとうございました」

二人は揃って頭を下げた。

「そういえば、ネコさんは警察から事情聴取されたんですよね」と女が話題を振った。

「それがさ。刑事が美人のお姉さんで、あれなら毎日でも取り調べされたいと思ったな。もちろん俺にはアリバイがあったから、疑われてるわけじゃない。犯人じゃないんで、誤解しないでほしい」

「刑事って二人組で行動するんじゃないんですか。ドラマでよくあるバディものではそうなってますけど」

「もう一人美人刑事の部下みたいな若い男がいたけど、俺って男に興味ねえから。よくわからん」

「なんですか、それは。私も刑事に取り調べを受けたかったなあ」

「グリムキラーがどんなヤツか知らないけど、あの美人刑事は手強そうだったとだけ最後に言っておく」

被り物をしていても、真剣だとわかる口調で男が言って、最後に「この動画は犯罪を助長するためのものではありません」というテロップが表示され、動画が終了した。

事務所には朝の陽光が差していた。編集した動画を再生し、ネコは満足して笑みを浮かべた。

ソファーで寝ていたカメが、目をこすりながら起き上がった。

ネコは冷蔵庫からエナジードリンクを二本取り出し、一本をカメに手渡した。

二人でドリンクを飲みながら、編集後の動画を再生する。

「チャチャッとやったというわりに、よく出来ていますよ。美人刑事のことを入れたのも、なんかいい感じだし」

「名前も所属先も言ってないから、特定されることもない。だから問題はないはずだ。それに公務員だし、一般人とは違うだろ。ああいう余談というか無駄なものを入れた方がウケるんだ。残虐な事件のことだけだと、視聴者も飽きるからな」

なるほどというようにカメはうなずいた。

「予約投稿を夜の十時にしておいた。本当は七時にしたかったんだが、それだとあの刑事からメールが来そうだからな。今日の深夜には大事な仕事があるから、邪魔されたくないんだ」

「そうでしたね。俺も一度家に帰って、支度をしてきます」

帰ろうとしたカメに「これを着ていけよ。宣伝に一役買ってくれな」と脱ぎ捨てられていたスタッフジャンパーを渡した。背の中心に「暴露猫チャンネル」のロゴ、下側には「カメ」と刺繍(ししゅう)がしてある。

カメはそれを着ると、事務所から出て行った。

午後十時、予約された時間通りに「暴露猫チャンネル」の動画はアップされ「通知を受け取る」という設定をしていたユーザーは、飛びつくようにして再生した。

サムネには「グリムキラー　犯行予告か!!」と目立つフォントが躍り、視聴者を煽ってくる。登録していないユーザーでさえ、お勧め動画に出現したとたんにクリックした。

グリムキラー事件にはあまり目立った情報がなかっただけに、視聴者の喉の渇きを癒やすようにして、その動画は再生されていった。

愛知県、特に名古屋市内は大騒ぎになっていた。前の二つの事件が名古屋市内で起きたのだ、次の犯行も同じ名古屋市で起きるにちがいないと考えた人が多かったからだ。

脛(すね)に疵(きず)持つ人間は大慌てだったろう。急いで窓や玄関の鍵を施錠したに違いない。

なにしろ被害者は過去に犯罪を犯している人間だと考えられていたからだ。罪から逃れた犯罪者を処刑する殺人鬼というのが世間の、グリムキラーへのイメージだったからである。

第三章

青髭

俺は青髭の妻になった妹を助けるために、あいつを殺害した。そして、青髭がしたように、血塗られた壁にぶら下げてやった。

俺が殺した証拠に、秘密の部屋を開ける金の鍵を置いておく。

闇落ちした主人公からは誰も逃げられない。――グリムキラー

私の識別記号　えくほし　ふなめ

※　※

四月十四日、午後十一時。ホンダのN-BOXを運転しているカメは、前方を走るスズキのワゴンRを追走していた。助手席にはハトが乗ってビデオカメラを操作している。

「伊那インターで降りて、どこに行くんですかね」

「ネコさんは、秘密主義だからな。俺はついていくだけだ」

「そのわりに、チームが……とか言いますよね。それに、メールしてきてるのって本当にグリムキラーなんですか。偽物だったりして」

ハトの言葉に、表情を険しくしたカメは「子供の頃に、家庭で嫌なことがあったらしくて、チームを理想の家族にしようって考えているんだよ。それとグリムキラーの偽物ということはないはずだ」

「ということは、なにか本物という証拠があるということですよね」

食い下がって来るハトにカメは答えない。黙ったままでいた。

前を走るネコの車がウィンカーを出してスピードを落とした。二車線の道路から、車がすれ違うのが難しい狭い道へと入っていく。

しばらくすると、ネコから電話が入った。スマホをスピーカーにしてホルダーに置いた。

「これからあいつに会うから、お前たちは目立たない場所で待機していてくれ、このあとは絶対に連絡しないこと。三十分経っても動きがなければ、この場所に来てくれ。ＬＩＮＥを送る」

カメが「了解しました」と返事をしたあとに、ＬＩＮＥが送られてきた。添付された画像にはマップ情報が載っている。

スマホをハトに渡して、ナビで調べてもらった。それから駐車できる場所を探した。広い道路は目立つので駐車は無理だ。五分ほど探して、退避用なのか道路脇の空き地に車を駐めた。

カメがスマートウォッチを見ると、十一時四十分だった。余裕を見て、日付が変わった零時二十分になったら、現場に向かうつもりで、車の照明を暗くして、少し体を休めようとした。

そうだ、動画がアップされているはずだ、と思い出して、スマホのアプリを立ち上げる。

動画は今までにないほどの再生数を稼いでいた。コメント数もスクロールしきれないほど付いていた。まだアップして一時間半ちょっとでこれほどの反響があるとは、信じられなかった。

コメントには「美人刑事」についての記述も多い。やっぱりネコはやり手だと思い知らされた。

　助手席で仮眠をとっていたハトに声をかけた。目を覚ました彼女は、カメの顔を見ると、視線を逸らすようにドリンクホルダーに手を伸ばした。

「動画を見てみろよ。すごい再生数だぞ」

　カメの言葉に反応するように、ハトはスマホを取り出し、動画を再生した。批評家のような厳しい眼差しで時折、動画を静止させたりしながら、視聴を終えた。

「いいですね。暴露系とか事件系っていうのは、暗かったり茶化したりするだけのものが多いけど、これはゆるいところがあったりして親近感が湧きます」

　ハトの媚を売るような感想を聞きながら、カメは、スポーツドリンクを飲んで喉の渇きを癒やした。

　時間を確かめると、零時十分だった。ちょうど三十分経っている。

「連絡はあったか」とハトに聞くと、彼女は首を横に振った。

「あと十分したら、現場に凸するか」

　カメは首と肩の簡単なストレッチをして、首のコリをほぐした。

　十分が過ぎても、なにも連絡がない。ネコに電話をしようとしたが「絶対に連絡するな」という言葉が脳裏に蘇る。

「カメラのバッテリーは大丈夫か」

カメは自動車を始動させながら、ハトに聞いた。「あと五時間は持つと思います」と返事があった。彼女に懐中電灯を持たせて、しっかりとした服装をするように指示した。

ハトのナビで現場に着いた。林の中に建つ平屋がそうらしい。カメはハトからカメラを受け取ると、さっそく撮影を開始した。

「あそこにネコさんの車が駐車してありますよ」

ハトの言葉にカメラを向けた。ハトは素顔なので、フレームに入らないようにする。ネコがここに来たのは間違いないだろう。

家に近づくと、空き家独特の埃臭さが漂ってくる。あわててマスクを着用する。元は庭だったのだろうが、至る所に雑草が生い茂っていた。玄関の引き戸は簡単に開いた。

後ろにいるハトに「懐中電灯で照らしてくれないか」と頼み、ゆっくりとカメラを構えて中に入った。マスク越しにも土っぽい、腐ったような臭いが感じられる。玄関から先はリビングになっていて、カーペットが敷いてある。足元を確かめるように慎重に歩く。すぐにリビングの左側から仄かな明かりが見えた。

背後にいるハトにわかるように頭を左側にクイッと曲げた。そのまま向かうと襖が開いていた。その部屋は畳敷きで、どうやら寝室のようだった。カメラを足元から正面に構え直すと、白っぽい壁が映り、さきほどの明かりの正体が判明した。

白色の骸骨が吊り下げられ、所々に反射シートが貼られていて、仄かに光っている。目の前にある骸骨がネコの変わり果てた姿ではないか。という突拍子もない考えが浮かんだカメは動転して「そんなバカな」と思わず叫んだ。いつしか隣に来たハトが「骸骨が笑っている」と甲高い悲鳴をあげて、思わずといった様子でカメのスタッフジャンパーの裾を摑んだ。

いつも冷静なハトが怯えていることで、カメは少し落ち着きを取り戻した。それから部屋の周囲を撮影した。窓が開いていて涼しい風が入ってくる。そのせいか骸骨の関節がゆらゆらと動いて、こちらをバカにしているようにも見える。

「ねえ、ねえ」とハトがカメの腕を取って、窓際に連れて行った。

窓の下を映すと、そこには「暴露猫チャンネル」とロゴが入ったスタッフジャンパーが脱ぎ捨てられている。背中の下側に「ネコ」と刺繡してあった。

窓の外は背が高くなったドクダミやブタクサが生えていたが、一メートルほどの範囲で草が刈られていた。どうやらそこからネコは外に出たようだ。

「どうする」とカメはハトに尋ねた。

「とりあえず、外に出てから連絡しましょうよ。ここは臭いし、気味が悪いわ」

そう言うハトに、落ちていた服と帽子を拾ってから預けた。

カメラを回しながら、外に出た。ネコの自動車を映してから、カメラの電源を一旦切った。

ネコに電話をするが、電源が入っていないのか繋がらなかった。

拾ったスタッフジャンパーのポケットを探ると、キーホルダーが出てきた。スマホはいつもジャケットやポロシャツの胸ポケットに入れていたから、そのまま身につけているのかもしれない。

「俺はちょっとその辺を見てくるわ」とカメは言って、カメラをハトに預けて、代わりに懐中電灯を受け取った。

三十分ほど空き家の周囲を探索したが、手がかりになるようなものはなかった。なによりも深夜だから、暗くてよく見えない。それに大声でネコを呼ぶわけにもいかない。

現場に戻ると、ハトがネコの自動車に体をもたせかけるようにして、電話をかけていた。友人か家にでも報告しているのだろう。

「暗くてわからなかった。で、どうする。俺は車の中で寝て、朝になったらもう一度、探索してみようと思っているんだが、嫌なら帰ってもいいぞ」

カメの言葉に「私は一端、ネットカフェでも行きたいんですけど。朝になったら戻ってきますよ。途中で帰るのは、なんか仕事放棄みたいだし」とハトは言った。

女性だから車中泊をすることに抵抗があるのだろう。カメはスマホでネカフェを探そうとすると、すでに調べていたのかハトは近くにある場所をスマホ画面に出した。

乗ってきたN-BOXのキーをハトに渡した。カメは現場に戻り、日が昇るまでネコの自動車の中で過ごそうと考えた。

朝の五時を過ぎると、明るくなってきた。一人で空き家を再調査しようかと思ったが、一応ハトに連絡を取った。彼女は眠そうな声で電話に出た。朝になったので、家を調べるけど、どうすると聞くと「私も行きます」というので、戻ってくるのを待った。

車載のラジオでも聴くかとエンジンをかける。キーホルダーの先についているものが目に入った。七センチ×六センチほどのゲームボーイのソフトで、有名なキャラを使ったアクションゲームだ。カメも昔よく遊んだ。ソフトを透明なアクリル素材みたいなものでコーティングしてある。

ソフトの裏側に「ケンタ」と油性ペンで名前が書いてあり、横には「まあ」と読める文字があるが、擦(かす)れているうえに、子供っぽい筆致なので、正確にはわからない。カメもソフトに自分の名前を書いたことがある。友達とソフトを貸し借りするので、必要だったのだ。

窓を叩く音がした。そちらに顔を向けると、ハトが立っている。ハトはシャワーでも使ったのか、さっぱりとした表情だったが、寝不足らしくあくびをしている。

「何を見ていたんですか」とハトが聞いてきた。

詮索好きだなと思ったが、エンジンを切り、キーホルダーをハトに渡した。

「ソフトをキーホルダーに付けていたわけか。名前を書くほど愛着があったんですね」と言うと、カメにキーホルダーを返してきた。

ハトがキーホルダーに興味を示している間に、ネコに電話したが相変わらず繋がらない。仕方ないので、再び空き家に凸することにした。もちろんカメラ持参だ。

家の中は照明がないので、日が昇っても薄暗い。それでも夜中と違って気分は楽だ。

リビングに上がり、骸骨の部屋に行こうとすると「キャー」というハトの悲鳴が聞こえた。振り返るとハトがガタガタと震えている。

彼女の指差している方を見ると、リビングの白い壁にネコが吊り下げられている。

カメラを取り落としそうになりながら、あわてて撮影する。白い壁紙には赤茶けた血痕のようなものが飛び散っている。

目の前に広がる光景は現実感がなかった。ふと、考えた。寝室にあった骸骨のように、この死体に見えるものも作り物ではないのか。

カメラをハトに渡すと、死体に見えるものに近づき、鼻と口に手をかざした。生きているなら呼吸が感じられるはずだ。だが、何も変化はなかった。額に触ったら冷たい。

死体は壁に取り付けられたフックにロープで吊り下げられているようだったが、体重でずり下がっていた。昨日までいっしょに笑い合っていたネコが、こんな姿になって見せ物のように吊されている。あんまりな仕打ちを見ていられなくて、降ろして、横たえようかと思ったが、下手に触らないほうがいいだろうと思い直した。

カメは腹を括って、警察に電話をかけた。ハトはハンカチを取り出すと、死体の前にある紙や鍵のようなものをハンカチを使って調べている。

「俺はここで見張っているから、ポッポちゃんは通りに出て、警察を案内してくれないか」とカメは言った。

ハトは一瞬不満そうな表情を見せたが、素直に外に出て行った。

玄関で警察が到着するまで待った。それにしてもいつ死体が現れたのだろう。周囲を探索したりして、いなかった時はあるが、それでもハトが家の近くにいたはずだ。ドラマなどで死体が消失する話はあるが、死体が出現するというのはあまり聞かない。

犯人はわかっている。グリムキラーに決まっている。カメは拳を握りしめた。ネコにはパワハラじみたことをされたこともあったが、なにか憎めない兄貴のようなところがあった。そんなことを考えていると、涙が出てきて、ジャンパーの袖で拭いた。

自転車で走ってくる制服警官の姿が見えた。その後ろからハトが小走りでついてきている。

※　※

長野県警から連絡があったのは、午前十時だった。長野県伊那市でユーチューバーの「暴露猫チャンネル」加納健太が殺されていたというのだ。詳しい話は聞けなかったが、どうやらグリムキラーに単独でインタビューしようとしたらしい。グリムキラーがらみということで、協力依頼が来たというのだ。

黒宮班が急遽派遣されることになった。係長に警察車両を一台手配してもらった。慎重に運転をしながら犬走は「班長は昨日の動画を見ましたか。自分は夜遅くだったので見逃してしまい、朝にあわてて再生したんですが、まさか自分の殺害の予告だったというのは皮肉な出来事でしたよね」と話しかけた。

「たいした内容じゃなかったけど、私のこと、手強い美人刑事だって紹介するところだけは評価出来るわ」

やっぱり黒宮も動画を視聴していたんだと犬走は思った。

「でも、所属や名前を晒さなかったのは、一応彼も気を使ったんですかね」

「事件を管轄しているのは愛知県警だし、美人刑事なんて私しかいないんだから、すぐに特定されてしまうわよね。美人すぎる女性刑事なんてことで取材されるかも」

うきうきした声で黒宮は言った。犬走は高速道路の運転に集中することにした。

北伊那署に着いたのは、十二時半だった。本庁から連絡が入っていたので、スムーズに殺害現場に案内された。車両を何台も駐車する場所がないというので、黒宮たちは同行させてもらうことになった。

山沿いにある空き家に入る小道には規制線が張られている。付近に車両を駐めて、現場まで歩いた。

「二年ほど空き家になっているんですよ。町内会の人もたまに様子を見に来たりするんですが、ちょっと離れた場所にあるんで、なかなか行き届かなくて」

五十代の現場たたき上げといった戸村巡査部長が残念そうに言った。

「ということは土地勘のある犯人なんですかね」

犬走の質問に「地元の人間がこんなことをするとは思えないんですよ」と返事があった。

「今は、グーグルアースとか見れば、現場に来なくともだいたいのことはわかるようですからね」

言い繕うように犬走は言った。そうこうしているうちに、ブルーシートで囲われた家が見えてくる。

黒宮は靴カバーと手袋を手早く着けると、真っ先に玄関から入っていく。犬走も後を追った。

リビングの向かって右側に血が飛び散った壁がある。どうやらこの壁に被害者である加納が吊るされていたのだろう。

壁から三十センチほど手前にダンボール箱と白いカーテン地が散乱している。

「向こうに面白いものがかかっているわよ」

黒宮が顎で畳の部屋を示した。犬走は黒宮と入れ替わるようにして、隣の寝室らしき部屋に入った。

窓が開いているのか、外から土臭い空気が流れ込んでいる。何かが触れ合うような音が聞こえる。そちらに視線を向けると、白っぽい骸骨の模型というよりはもっと安っぽいものが壁際に吊り下がっている。

黒宮が面白いと表現したものは、オモチャの骸骨だった。骸骨には所々に蛍光色の反射シートと言われるものが貼ってあった。窓から入る風のせいで骸骨の関節が揺れて、カタカタと鳴っている。

部屋を出ると、黒宮が中腰になって段ボール箱を取り除け、カーテン地を摘み上げ、調べていた。

「あの骸骨のオモチャは何ですかね。反射シートも意味がわからないし」

犬走の言葉に黒宮は振り返るようにして立ち上がった。一点を凝視するような目つきをしているのは、なにか考えているからだろう。

質問に答えることなく、黒宮は壁と天井を眺めている。天井には洗濯ロープのようなものが張り渡されていた。

「よかったら、夕方から始まる捜査会議にオブザーバーとして参加していただけませんか」

戸村の提案に犬走は黒宮の表情を窺いながら、オッケーを出した。

戸外に出て、しばらく周囲を案内してもらった。犯罪を行うには最適な場所だ。周りには人家がないし、雑草や雑木が生い茂っているから隠れやすい。車両一台くらいなら駐車出来る。

連絡を受けた時には、大雑把な情報のみで、そちらの事件と関連性があるとだけ伝えられ、詳しい事は現地で、ということだった。

「発見者は塚本と新井という男女二人で、被害者といっしょにグリムキラーに呼び出されたというんですよ。今は署のほうで調書を取っているんですけどね」

「塚本と新井という名前には聞き覚えがないですけど。町田の事務所で事情聴取した人間かな。あの時にはネコとかカメとか渾名でお互いを呼んでいたので」

「そうですか、まんざら知らない仲でもないんですね。じゃあ、こちらでも聴取しますか」

ナワバリ意識の強いところだと嫌な顔をされたりするのだが、ここは友好的である。北伊那署に戻り、発見者の事情聴取に参加させてもらうことになり、犬走が塚本を、黒宮が新井をそれぞれに取り調べることになった。

聴取の準備が整うまで、犬走たちは会議室で待つことになった。

「加納健太ってどこかで聞いたなと思ったら、あの名刺にあったBK企画とかの代表者ですね」

事務所で会った、体格の良い男のことを思い浮かべながら、赤い革張りのノートを見ていた黒宮に言った。

「今更気付いたの？　チャンネルのリーダーが代表者も兼ねていたのは、まあ、自然よね。あのとき素直に名前を言ってくれればよかったのに」

もう少し強く、名前と住所を教えるように言っていたら、という思いが湧き上がってくる。険悪なムードにしたくなくて、大人な対応をとったのが悔やまれた。そうしていたからといって、事件が起きなかったわけではないだろうが。

準備が出来たというので取調室に入った。付き添いには戸村がついた。

椅子に座っていた大柄で憔悴した表情の男は、町田の事務所で聴取した暴露猫だった。死んだと思っていた男が目の前に現れたので、犬走は口をぽかんと開け、目を擦った。

「こちらは愛知県警の犬走です。加納さん殺害に関して、お話を聞きたいと」

犬走を紹介しようと振り向いた戸村は、犬走の怪訝そうな表情に驚いたのか、後ずさった。

「あなたは暴露猫さんですよね。では、亡くなった加納さんは誰なんです」

語調きつく、問い詰めるように犬走は言った。

「すいません。実は、私は塚本というカメラマンでして。本当の暴露猫は加納さん、チーム内ではいつも『ネコ』と呼んでいた人なんです。動画内でも私が猫の被り物をして出演していたので、皆さん誤解していたかもしれません」

塚本は椅子から立ち上がり、犬走たちに謝った。

「町田のときも、暴露猫として聴取を受けていたわけか。じゃあ、加納さんはあのとき『カメ』と名乗っていた男だったんだな」

「ええ、ネコさんが『お前が暴露猫の役をやれ』と指示されたんで。ネコさんがネタを仕入れて、シナリオを書いていたんです。動画でも『お前のほうがワルっぽいし、絵的にも暴露系のイメージにピッタリだ』と。初期の頃はネコさんが被り物をしてやっていたんですけど、再生数が伸び悩んで」

犬走は塚本に椅子に座るように言うと、死体発見までの経緯を尋ねた。

話すのが二回目だからだろう。カメの口ぶりは滑らかだった。グリムキラーからメールが送られてきて、加納が密会に出かけ、死体になるまでを話した。

グリムキラーから接触があれば連絡するように、釘を刺しておいたのだが、自己顕示欲というのか、再生数を伸ばすという目の前に置かれたニンジンに飛びついてしまったのだろう。

　加納という男に心酔していたのか、友情を感じていたのか、悲しみに暮れている塚本に、責めるようなことは言えなかった。

「というわけで、塚本さんにビデオカメラを再生してもらったんですが、不可解なことに、深夜に入った家には死体が映っていないのに、朝になったらリビングの壁に死体が吊るされて、壁には血痕が塗られていたというわけです」

　戸村は戸惑った表情で額を擦（さす）った。

「ビデオってことは、ずっと撮影していたんですか」

「ネコさんに命令されていたんです。それと、警察には絶対言うなと。最初に一一〇番しておけば、ネコさんが見つかったかもしれないし、犯人を逮捕出来ていたかもしれない。パワハラめいたこともされたけど、いいところもたくさんあったんですよ。グリムキラーのメールの識別記号だってすぐ解読できる頭のいい人で……。それに情にも厚かった。家族の形見をキーホルダーにしたり。とにかく、仲間思いのいい兄貴みたいな人だったんです。絶対にグリムキラーを逮捕してください」

頭を机に擦り付けるようにして、塚本は頼み込んだ。

「わかった。管轄が違うからあまり口出しは出来ないんだが、情報を共有して、逮捕に向けて精一杯努力する。加納さんの人柄もよく話しておく。今日もオブザーバーとして呼ばれただけだから。だが、グリムキラーは絶対に許せない。最大限の努力をすることは約束する」

現場を録画したデータをSDカードにコピーしてもらい、犬走は部屋を出た。

黒宮はまだ聴取をしているようで、姿は見えない。しばらく待つことにして、自販機で缶コーヒーを購入して喉を癒やしていると、通路に黒宮が出てきた。

「そちらはどうでした」と黒宮に尋ねた。

新井はるかという女性が、動画で出てきたハトの被り物をしたポッポだというのだ。

犬走は塚本がスタッフで、町田のときは暴露猫の身代わりを務めていたことを伝えた。

「確かに動画はサムネや出演者のイメージが大事よね。あの時『カメ』と名乗っていた男はマスクをしていたけど、色白の韓流スターみたいで、犯罪ものには合っていないものね」

黒宮はさほど驚かなかった。なんとなく塚本の不自然さを感じていたのかもしれない。

会議室の片隅を借りて、二人で話をすり合わせると、同じような内容で、とくにあやしいところはない。塚本から聞かされた、加納の人柄やエピソードも黒宮に伝えた。新井は弁護士事務所の調査員を職業にしているが、正社員ではなく、非正規でやっている。仕事の合間に探偵事務所などを掛け持ちして、生活しているという。

一通り話が終わると、先ほどコピーしてもらったビデオデータを再生することにした。犬走のスマホにSDカードを挿し込んで、データを開く。

何も編集していないうえに、夜中に懐中電灯を照らしての録画だから、画面が暗いし揺れて気分が悪くなりそうだ。

殺害現場の玄関を上がった時に、一瞬だけリビングの壁が映ったが、白いものと、段ボール箱が映り込んでいるだけだ。一時停止して視聴したが、血の跡も死体もなかった。

すぐに画面は左側の部屋へと向かう。そして「そんなバカな」という奇声が上がり

「骸骨が笑っている」と女性のびっくりした音声がする。反射シートが所々光ると、骸骨が照らし出される。画面がブレると、今度は窓が映り、窓際の下には服と帽子が置いてある。

映像はしばらくして、戸外へと移る。白のワゴンRが映ったところで、一旦中断した。

映像は朝になっていた。家の中も夜とは違って仄かな明かりに照らされ見やすい。埃の舞うなか玄関を入ると、すぐに驚きの声が響く。そして遺体が映り、壁には血痕らしきものが飛び散っている。

カメラが移動して、すぐに床に置かれた。警察に連絡する声がする。しばらくするとカメラが持ち上げられて、画面が消えた。

黒宮が唸った。目には好奇心が満ちていた。戸村が不可解な現象として挙げた、夜にはなかった死体が朝になって現れることが確かにあった。

「死体が出現するとは、どういうことなんでしょうかね」

テレビでやっているあやしげな怪奇ビデオでも見ている気分だった。犬走の疑問に黒宮は唇をなめると「時間稼ぎね」と短く答えたあと「さっきスマホに入れていたカードを見せて」と言った。

スマホから取り出したmicroSDカードを渡すと、黒宮は手のひらにカードを置いて弄ぶようにしたあと「これが発端だったのね」と嬉しそうにつぶやいた。

「どういうことです」と犬走が尋ねると「『赤ずきん』事件の死体検案書を見ればわかるわよ」とだけ答えた。

遅めの昼食を署の近くにあるファミレスで摂った。犬走はハンバーグ定食、黒宮はパスタにサラダだった。

黒宮は何かを考えているのか、口数が少なかった。

署に戻ると、会議室のドアに「ユーチューバー殺人事件」という戒名が書かれていた。中に入ると、事件の資料が机の上に置かれている。

戸村が署長に二人を紹介してくれた。まだ捜査員が全員戻ってきていないので、会議は始まらないという。そこで、二人して邪魔にならない場所に座り、資料を読むことにした。

被害者の加納健太は三十歳。ユーチューブ事務所、ＢＫ企画代表。指紋データベースに「佐藤健太」名で暴行容疑の逮捕歴あり。その後、養子に入ったりして、苗字を加納に変えていたらしい。結婚詐欺を始め恋愛詐欺などで被害届が出されているが、すぐに示談になったのか、被害届は取り下げられている。

死亡推定時刻は四月十四日の午後十一時から翌日午前一時頃。死因はアイスピックのような有尖無刃器による心刺創。刺した時には凶器が栓のようになっていて、出血は少なかった。死後壁に取り付けられたフックに吊り下げられていた。両手には革手錠がされ、死体は荷造りロープを使いフックから外れないようになっていた。

死体の傍には真鍮製の鍵と童話の挿絵が切り取られて残されていた。添付された写真を見ると、鍵は金色をした小さなもので、オモチャめいている。挿絵は中世ヨーロッパの貴族ふうの服装をした中年男性が美しく若い女性を後ろから抱き抱えているものだった。特徴的なのは男性が青く塗られた髭を生やしていたことである。

挿絵の裏には文章が印刷されていた。

俺は青髭の妻になった妹を助けるために、あいつを殺害した。そして、青髭がしたように、血塗られた壁にぶら下げてやった。

俺が殺した証拠に、秘密の部屋を開ける金の鍵を置いておく。

闇落ちした主人公からは誰も逃げられない。——グリムキラー

私の識別記号　えくほし　ふなめ

またか、と犬走は思った。今度は『青髭』だ。スマホの画面を開き、暗号を解読した。今回は三回目なので「あおひげのつま」と変換出来る。識別記号からしてグリムキラーに間違いないだろう。

『青髭』の童話は昔に読んだことがあるが、細かな内容までは覚えていない。

「『青髭』もグリム童話にあったんですか」と黒宮に尋ねた。

「たしか、初版にはあったと思うけど。そのあとでペロー童話に同じ話が載っていたことがわかって、初版以降は削除されたはず。だからグリムキラーとしては問題ないと考えたのかも」

「グリムキラーは何故、初版にこだわるんでしょうかね」

「これは想像だけど、子供の頃に母親に初版を読んでもらっていたのかもね。小さいときの読書体験は大人になっても影響を与えるから」

思い出に浸るように語る黒宮を見ながら、犬走は少女が母親の膝に乗って絵本を読んでもらっている姿を想像した。

「加納が恋愛詐欺師ということで『青髭』の見立て殺人というわけなんでしょうか。それにしても自分から加納とメールをしておいて、殺害するなんて、どうなっているんだろう」

グリムキラーという人間が一人で犯行をしているとしても、動機がさっぱりわからない。

「さすがに三回も殺人を重ねたら、いろいろボロは出ているわ。今回だって、犯行時間が短かったので、かなり無理をしているしね」

自信がありそうな黒宮の口調に、犬走はかすかな希望が芽生えてくる。

「動機はどうなんです。今回は詐欺師への復讐ということですか」

「詐欺師……。それは良いヒントかもね」

黒宮は生徒を褒める教諭のような笑顔で犬走を見た。なにかアイデアを思いついたようだ。バッグから手帳ではなく、iPad miniを取り出して、慣れたように指を動かして操作し始めた。

画面には過去の捜査資料が表示されていた。紙の資料をスキャンしてPDFファイル化してあるのだろう。もらった資料をただファイルに綴じたままにしている犬走は考えさせられた。

指を止めた黒宮は画面から目を離すと、遠くを見つめるような眼差しで「詐欺団か、事件は始まりが大事よね」とポツリと言った。

言葉の意味を尋ねようとした時、会議室に捜査員が集まってきた。捜査会議が始まる前に、戸村が黒宮たちを紹介し、名古屋市で起きた事件との関連性があるためオブザーバーとして参加してもらったと説明をした。

捜査員たちの視線は黒宮に集まった。だが、彼女は平然と受け流し、椅子に座った。

会議ではさまざまな報告がなされたが、犬走が読んだ資料以上の情報はなかった。

殺害の動機に焦点は絞られていった。

暴露猫チームでカメとハトと呼ばれていた二人のアリバイに不審なものはなく、さらに動機も考えられない。殺害は計画的なもので、空き家の選定やオモチャの骸骨・死体を吊り下げていたフックなどが事前に周到に用意されていた。急に仕事を命じられた二人にそんな計画をするのは無理だろう。動機として考えられるのは、加納が関わっていた恋愛詐欺の被害ではないか。

捜査員たちの気持ちが澱み始めた時、女性警察官が入室してくると、皆に資料を配る。愛知県警から持参した資料を事務方に依頼して印刷してもらったのである。

管理官からグリムキラーについて、簡単な説明があり「愛知県警の方々にわざわざお越しいただいたので、名古屋市内で起きた事件について解説してもらう」と紹介された。

上司の黒宮が説明するのだろうと犬走は考えていたが、黒宮が肘のあたりを突いたので、立ち上がって説明を始めた。

『赤ずきん』と『白雪姫』の二つの事件について、グリムキラーに関して、今までの捜査の概要と、グリムキラーの識別記号についても説明した。

話し終えると、会議室の空気がざわついた。声には出さないが、面倒事に巻き込まれたことを察して、管理職たちの顔に苦い薬を飲んだような表情が浮かんでいる。

「それで、そちらのグリム童話殺人と今回の殺人は関連があるのだろうか」という質問が管理官からされた。

「絵本の挿絵は『青髭』という有名な童話の一コマだと思います。遺体の近くにあった真鍮製の鍵は童話に出てくる秘密の部屋をあける金色の鍵の見立て。加納さんが壁に吊り下げられていたのは、童話の『青髭』と同じです。挿絵の裏に印刷されていたのは、資料に載っている文章とは少し文体が違いますが、共通しています」

犬走は昔の記憶を頼りに答えた。

「その『青髭』という童話はどういう話なんだ。『赤ずきん』や『白雪姫』といった話は俺でも聞いたことはあるんだが」

捜査員の顔を順ぐりに見回すようにして管理官が言った。時間がなくてそこまで手が回らず、用意出来なかったのだろう。

気まずい雰囲気を破るように黒宮が挙手した。一瞬、会議室に光が差し込んだように明るくなった。

「よろしいですか」と言って、周囲の反応を窺うと、黒宮は話し始めた。

「昔々、青い髭をした王様がいました。そして、きれいな若い娘を見初めて、妻にしました。妻になった女性はなんの不自由もなく、贅沢三昧な生活を満喫します。ですがある日、夫の青髭が旅行に出なければならなくなりました。その時に鍵束を渡され『どの部屋に入っても良いが、金の鍵がかかった部屋には入るな、もし入ったら死が待っている』と釘を刺されます。妻は青髭のいない間、いろんな部屋に出入りして楽しみますが、金の鍵の部屋に入りたくて仕方なくなります。禁止されればされるほど、それを破りたくなるのは人間のサガ、いわゆるツルの恩返し効果ですね。そしてついに、例の部屋の鍵を開けてしまいます。部屋で見たものは、壁に吊り下げられた何人もの女性の死体だったのです。驚いた妻は思わず金の鍵を血溜まりに落としてしまい、あわてて鍵を拾い、血を拭きました。ところが鍵から血の跡はなくなりませんでした。旅行から帰ってきた青髭は、妻から鍵束を受け取ると、金の鍵がないことに気が付きます。そしてどうして金の鍵がないのか、問いただします。妻は隠しておいた金の鍵を渡しますが、青髭は鍵に血の跡があることを見破り『部屋を見たな』と妻に迫りました。妻は塔の最上階に逃げ込み、外に向かって『助けて、お兄さん』と大声で叫びます。森の中にいた妻の三兄弟は一目散に青髭のお城に駆けつけ、可愛い妹が殺害される寸前、青髭を持っていた剣で殺したのでした。こうして妹と三人の兄たちは、青髭のお城で幸せに暮らしました。以上です」

話し終えた黒宮は腰を下ろした。犬走は素直に感心した。あれだけの話をスラスラと口頭で紹介したことに驚いたからである。

「ありがとう」と管理官が小さく拍手した。すぐに会議室は、拍手に包まれた。

「ということは、真鍮製の鍵は金の鍵の見立て、アイスピック状の凶器が使われたのは、剣の代わりということになるな。童話の内容からすると、『青髭』を殺害したのは妻の兄たちだから、被害女性の肉親、とくに兄ということになるのだが、そのあたりはどうなんだ」

「加納に被害届を出していた女性たちについては、警視庁に問い合わせ中であります」

捜査員がすぐに答えた。

被害者の線を追うと、袋小路に迷い込んでしまうのでは、と犬走は危惧した。二件の事件も被害者関係からは何も成果が出ていない。

捜査会議が終わったのは、午後七時前だった。署の捜査員はまだ仕事をするのか、忙しそうだった。

犬走たちは名古屋に戻ることにした。署の駐車場に向かって歩いていると、塚本と新井が乗った軽自動車が出てくるところだった。途中スピードを落とし、止まった車から塚本が顔を出し「絶対につかまえてくださいよ」と言って、頭を下げた。助手席に座っている新井は疲れたようにシートに身を委ねている。

駐車場から出て行く塚本の車を見送っていると、黒宮が「ずいぶんと仲良くなったようね」と冷やかすように言った。

「話してみると、結構良いヤツでしてね。加納のことを兄貴のように慕っていたらしいんです。どうやら加納という男はチーム＝家族と考えていたようで、それでチーム内のメンバーを『カメ』とか『ハト』みたいな名前で呼んでいたんでしょうね」

犬走は警察車両のドアを電子キーで開錠してから、助手席のドアを黒宮のために開けた。運転席に座っても、黒宮は車の外で立ったままだった。

「どうしたんですか」と犬走は黒宮に声をかけた。それには答えずに黒宮は助手席に座った。どうやら何かを思いついて考え込んでいるようだ。

シートベルトを装着しながら黒宮は「なんか閃いたんだけど、モヤっているのよね」と答えた。

夕食はどこにしましょうと黒宮に尋ねると「昼はファミレスだったから、コンビニで済ませましょう」と返事があった。

走り出してすぐのコンビニに入った。イートインコーナーがあったので、犬走はおにぎりと缶の緑茶、黒宮はタマゴサンドと紅茶のペットボトルで食事を済ませた。黒宮がデザートを買っている間に、犬走は係長に今日の簡単な報告と、これから名古屋に戻ることを連絡した。

デザートや飲み物を買い込んだ黒宮は「エーちゃんも何か買っておいた方がいいわよ」と忠告してきた。

「高速を使えば、二時間で名古屋に着きますよ。いらないんじゃないですか」と答えると、黒宮は「犯人がどうやって名古屋に帰ったか裏道を使って検証するから、多分四時間くらいはかかるわ。飲み物くらいは買っておけば」と言った。

なるほど、『青髭』事件の犯人が過去二件と同じなら、自宅(ヤサ)は名古屋市内かその周辺になるだろう。だから実際に車を走らせて、時間を計測しようというわけだ。それに高速や国道19号線よりも、Nシステムで証拠が残る可能性が低い。

そう考えながら犬走はゼリー飲料を買って外に出た。

現場近くまで戻り車を駐めると「私がナビするから、ちゃんと運転してね」と黒宮は腕時計を見ながら言った。

黒宮の指示通りに山沿いの道を走る。午後七時過ぎだからすでに日は暮れている。家路を急ぐ自動車とたまにすれ違うくらいだ。犯行時間の深夜なら、自動車も通行人もほとんどなかっただろう。

時々、路肩に駐めてコンビニや防犯カメラのある場所を避けて、ルートを選択した。山道を走り続け、やっと眼下に瀬戸(せと)市の明かりが見えてきた。街に入り住宅街を選んで走っていると、黒宮がコンビニに寄るように指示してきた。

犬走が車の中でゼリー飲料を摂取したあとに、車外に出てストレッチをして体をほぐしていると、黒宮が戻ってきた。スリープ状態にしていたスマホを解除してチェックすると、水島からＬＩＮＥが送られてきていた。

新しいスイーツの店を見つけたから、明日の土曜日に一緒に行こうというものだった。「まだ、こっちは仕事中なんだよ。明日、忘れていなかったら、連絡するわ」と返事を送る。

スマホの時計はあと数分で日付が変わろうとしていた。

「もう、疲れたから直帰するわ。地下鉄はもう最終がなくなっているだろうし。近くまで送って」

黒宮は係長にすでに連絡してあるというので、防犯カメラなどは意識せずに、猪子石から60号線に入り、末盛通の覚王山で黒宮を降ろした。

署に戻り、車両を返却して、歩いて十分ほどの待機寮へ帰った。

土曜、日曜は基本的には休日なのだが、昨日のこともあり、出勤することにした。

刑事部屋に入ると、係長はお茶を飲みながら、新聞を読んでいた。黒宮の姿は見えない。

係長に北伊那署からもらった資料を渡した。

「やっぱりグリム童話だったのか。今回は『青髭』……」

ざっと目を通した係長は首の付け根を揉むような仕草で嘆息した。

「班長は、今日はお休みですか」

「電話があって、気が向いたら、行きますということだったな」

「昨日は、遅くまで働いていましたからね」

「あんなにいじめられているのに、エーちゃんは女性に優しいな。ところで妹は元気でやっているのか」

「それが、最近生意気になってしまって」

犬走は恥ずかしい気持ちになりながら、頭に手をやって言った。係長には適当なことを言ったが、薬剤師をしている妹とは、半年前から連絡をとっていない。

二つの事件が起きた署に周知するために、犬走は『青髭』事件の報告書を作成していた。集中していると背後から「エーちゃん、会議室へ集合」と声がかかった。

振り返ると、黒宮が姿勢良く意気揚々と会議室へと向かう姿が見えた。

「昨日、閃いたと思ったのにうまくまとまらなくて、モヤモヤしていたことが解決したのよ。どうしてシャワーを浴びると、アイデアが降ってくるのかしらね」

黒宮の言葉に、車両の外で何かを考え込んでいた姿を思い出していた。そうか、何かを思いついたのか。

「俺も、頭を洗ったり、散歩をしていると、良い考えが浮かぶことがありますよ。ところで、何がわかったんです」

「エーちゃんが暴露猫はチームで、二文字の動物名で呼び合っていたと言っていたでしょ」

「『ネコ』『カメ』『ハト』ってヤツですよね。個人名を特定できないうえに、仲間意識が生まれて便利な使い方です」

「そこで、考えたのよ。『赤ずきん』事件の石田が所属していた詐欺団も『ベータ』という名称を使って、石田は『クライ』、他の主要メンバーに『チキン』と『レイン』の二人がいた。ここからが問題。チキンといえば、何を連想する」

いきなり黒宮からクイズみたいなものを出題されて、犬走は戸惑った。

「チキンというのは臆病者という意味のスラングですよね。あまり印象の良くない渾名をどうして使ったのだろう」

「バカね。エーちゃんはフライドチキンとか食べたことないの」

黒宮は口の前で手を握り、横に引いた。フライドチキンを食べる真似のようだ。それを見た犬走は「あっ」と声を出した。

「そうか、健太というのはケンタッキーフライドチキンのもじりで『ケンタ＝チキン』と名付けられたんですね」

「たぶん、チーム内で呼び名をつけるときに、加納健太は自分から『チキン』と名乗ったんでしょうね。小さい頃からみんなにそう呼ばれていたから、自然に出たんでしょ」

その言葉を聞いた犬走はある考えに行き当たり、衝撃を受けた。

「それって、もし加納が『チキン』だったら、石田は『クライ』だから、詐欺団のメンバーを殺害しているということじゃないですか。それなら事件の動機がはっきりする」

そういうことだったのか——犬走はじわじわと広がる喜びを味わった。

「残りの詐欺団メンバーは『レイン』だけというわけね」

「メンバーの呼び名の付け方は三文字カタカナで統一していますよね。『レイン』というのは雨という意味ですよね。スラングは……」

犬走はスマホで「レイン」のスラングが何を意味するのか検察した。

「スラングでは金や大金をばらまくという意味で、また大成功するや大失敗するという意味でも使われます」

と検索結果を読み上げた。

「スラング的には『大成功する』のような気がするけど、なんか違うわね」

黒宮の意見に賛同しようと、口を開きかけた犬走は思わず口走った。

「池澤朋子さんが『レイン』ということはないんですか。贅沢な生活をしていたことで『大金をばらまく・大成功する』というスラング的な意味合いだったのでは。それならば三つの事件がすべて詐欺団のメンバーという共通点で揃います」

黒宮は興奮して話す犬走を冷ややかに見ながら「池澤朋子に詐欺ができると思う?」と言った。

黒宮の指摘に、犬走は浮かれた気持ちが急に沈んでしまった。

「たしかに朋子さんは騙されることはあっても、騙すタイプではなさそうですよね。使い捨てのメンバーならまだしも、主要メンバーにはなれそうにないし」

「『レイン』の正体、朋子との関係はまだわからないけど。この一連の事件は多分、石田の詐欺団がキーになっていると思う。ポイントを摑んだから、だいぶ解決に近づいてきたような気分がしてきたわ」

気落ちしている犬走と違い、黒宮は眼に力を漲らせて言い放った。

「とにかく、係長に相談してみましょう。もう一度各方面に協力を頼まないといけなくなりそうだし」

気を取り直した犬走は会議室のドアを開け、黒宮が出るのを待ってから、ドアを閉めた。

係長はノートパソコンの画面とキーボードを交互に見ながら、文章を入力していた。犬走が「係長、ちょっとお話が」と呼びかけると「おっ、なんだ。保存するからちょっと待ってくれ」と言い、苦役から逃れられたというようにパソコン画面を閉じた。

伊那市で殺害された加納は、石田の詐欺団に所属していた主要メンバーだった「チキン」なのではないか。一連の事件は詐欺団「ベータ」がキーポイントになっている。と、報告をした。

黒宮が「池澤朋子が石田の恋人ではという意見もありましたが、詐欺団にもっと深く関係していたのかもしれません。もっともこれはエーちゃんが言っていることで、なんと朋子は詐欺団の『レイン』ではと言うのですが」と補足した。

「つまり、被害者の三人はすべて詐欺団のメンバーだったということか」

係長は目を見開いて、信じられないものを見たというふうに言った。

「それについては、まだ他の可能性もあるとは思っています。ですが、朋子さんと詐欺団の関わりについて、もう一度調べることがあってもいいかなと」

「わかった。とにかく『チキン』が加納健太と同一人物かどうか確認してもらうか。恋愛詐欺に遭った女性に写真で検証してもらおう。俺の方から長野県警に依頼しておく」

係長は電話をかけ始めた。

「私たちは、朋子と詐欺団の関連性について再調査してみようか」

「朋子さんの過去が関係しているかもしれません。被害者三人とも昔は東京にいたんですから。娘の事故死についてもう一度調書を見直してみます」

犬走は調書のコピーを隅々まで再点検してみた。一時間ほどかけて、気掛かりな点を一つ見つけた。黒宮に相談しようとすると、彼女の席にはいなかった。時計を見ると、十二時過ぎだ。多分、昼食に出かけたのだろう。

日曜日や祝日は休みだが、今日は土曜日だから、本庁の食堂はやっている。

朝食はリンゴ一個を食べただけだったので、昼はガツンとしたものが食べたかった。そこで、カツ丼とラーメンを頼んだ。

トレイを運びながら、座る席を探していると、黒宮が交通課の女性警察官二人と楽しそうにおしゃべりをしていた。

女性たちの邪魔にならないように、彼女たちと離れた場所で食事を摂った。さすがに満腹になって、眠くなってくる。三十分ほど仮眠を取ってから黒宮に相談することにする。

席を立とうとすると、黒宮が近づいてきた。犬走の食器にチラリと視線を走らせ「よく食べるわね」と呆れたように言った。

「昨日はいろいろ大変だったんで」と言い訳してから「さっき、ちょっとしたことを見つけて、気になったことがあるんです」と続けた。

「いいわよ。まだお昼だけど、席で話を聞いてあげるわ」

黒宮はそう言って、食堂を出て行った。犬走は食器を片付け、刑事課に向かう途中の自販機で缶コーヒーと紅茶のペットボトルを買った。

課に戻ると、黒宮は自分の席で、爪を磨いている。

黒宮の近くに椅子を持って行くと、犬走は「朋子さんの娘が亡くなった事件の調書を見ていて気がついたんですけど。ベビーシッターの椎名真生という十九歳の女性が証言しているんです。愛知県出身で職業が〇〇メディア学院学生となっていて、その学校を調べたらどうやら声優などの専門学校なんですよ。ほら、『レイン』という人物は掛け子と呼ばれる電話を掛ける特殊詐欺の役割だった。声優の勉強をしていたんだったら、ピッタリじゃないですか」

指を伸ばして、爪の磨き具合を確かめていた黒宮は「面白いじゃないの。若い子が修練を積めば、女の子も男の子も演じ分けられるわ。アニメでも少年の声を女性が担当したりしているものね」

さほど興味がないというふうに黒宮は言った。それから出来栄えに満足したらしく、犬走に向き直ると「ひょっとして『レイン』ってさ『レインボー』だったりしない。ほら七色の声の持ち主とかいうじゃない」

「七色で『レインボー』というわけですか。大成功の『レイン』よりはありそうな話ですね」

「なにか突破口が見えてきたわね。係長に相談してみましょうか」

係長を交えて、三人で意見を交換した。

三つの事件は、罪を逃れた人間が童話の主人公に処刑される。そんなグリム童話の見立て殺人に見せかけているだけで、実は石田が率いていた詐欺団の内輪揉め、あるいは詐欺団がプールしている金銭目当てではないのか。

犯罪のキモになる動機を考えると、そんな意見にまとまった。捜査会議では話せないことも、小規模な集まりならざっくばらんな意見交換が出来る。

「だいたい、正義感だけで三件の殺人なんておかしいと思ったんだ。あれだけ凝った殺人をするのに、どれだけのエネルギーを使うと思う。手当たり次第に殺すわけじゃないんだから。自分の利害がからんでいるって言うなら納得だ」

係長の意見に「自分の利欲だとしたら、やっぱり単独犯ということなんでしょうかね」と黒宮は答えた。

「ところで、調書に出てきた椎名真生についてはどうしましょうか。警視庁に問い合わせて、彼女のその後について調べてもらえると助かるんですけど」

「それは、こちらから依頼しておく。だが、本当にそのベビーシッターは事件と関係あるのか」

「東京にある専門学校に通っていたこと。それに彼女は愛知県出身と記載があったんです。つまり、名古屋にも土地勘があるのでは。関係なければ、それはそれでいいんですけどね。声優を目指している女性が詐欺団の掛け子になったというのは悲しい話ですから」

「今、生存していれば、椎名真生は二十五か二十六歳くらいでしょ。以前、犯行は男性でなくとも出来ると証明しておいたから。若い女性なら殺害も可能だわ」

まさか、ここまで筋を読んで、黒宮は女性でも可能なことを立証しようとしたのか。犬走は彼女の横顔を眺めた。

「とにかく、筋道がはっきりとしてきたような気がする。各所に周知する必要があるな」

係長は明るい表情になって、席を立った。


犬走は午後五時に退庁して外に出ると、牛丼が食べたくなった。夕食には少し時間が早すぎると考えているうちに、水島に誘われていたことを思い出した。

六時半に名駅の高島屋で水島と落ち合うことになった。時間に余裕があるので、歩いて行くことにする。途中に牛丼屋があったので、我慢出来なくなって、牛丼を食べてしまった。

水島は少しだらしのない男だが、時間通りに待っていた。

休日出勤していたのか、水島はスーツ姿だった。だらしなく緩めたネクタイが男の色気を感じさせる。

「彼女は来ていないのか」と尋ねると、水島は「なんか、友達と旅行に行ったんだよね。こっちは仕事なのにさ」と答えた。

水島は犬走のスーツの袖を引っ張るようにして、小洒落た店に入った。

「マカロンショコラが美味しいんだよ」と水島は弾んだ声で言った。

犬走は水島と同じものを注文して、コーヒーも追加した。

水島の愚痴を聞きながら、マカロンショコラを食べた。甘党ではないけど、確かに美味しい。

「エーちゃん、彼女が出来ないのならさ。マッチングアプリをやってみたらどうなの。二十代で公務員とか人気があるみたいだよ」

「ああいうのはちょっと。どうせパパ活とかママ活みたいな連中がやっているんだろ。それに課金するほど稼いでいないしな」

「うちの署でも使っているヤツは結構いるよ。うちらは出会いが限られているじゃない。そんなに肩肘張らずにやってみたら。無料のアプリもあるからさ。仕事にも役立つかもよ」

「仕事か。いろいろ経験するのはありかもしれないな」

今は新しいものが次々に出てきて大変だ。それに若手はそうした流行り物に強いと思われているので、なおさらである。

スマホになにやら通知が来たらしく、水島は画面を眺めている。そして「用事があるから、帰るわ。またね」と、持ち帰りのスイーツを手に、帰って行った。犬走も待機寮へと帰った。

明日は日曜日なので、夜はゆっくりと過ごすつもりだった。ジャージに着替えて、動画を視聴することにした。

お勧めに「暴露猫チャンネル」が出てきた。更新が二時間前になっているので、最新のものだろう。再生数は二万越えしている。

再生数の多さに、首筋に冷や汗が滴る。

サムネはシンプルなものだった。今まではイラストにポップなフォントが躍っていたのだが、タイトルは「重大なお知らせ」とある。

動画を再生すると、ハトマスクを被ったハトこと新井が一人で暴露猫が殺害された経緯を話している。元々撮影担当だった塚本は本来の仕事に戻ったらしい。

時折流れる効果音や字幕は素人めいていて、これまでの動画では暴露猫こと加納が動画編集していたことは間違いなさそうだ。

今までの話は新聞やネットで流れている情報だけでとくに問題はない。しかし、一通り話が終わると、何の前触れもなく、荒い映像が流れ始めた。VTRのようだ。懐中電灯で照らし出された暗い家に入ると、リビングのような部屋があり、右側にチラッと白い壁のようなものが映り込み、すぐにカメラは左側の部屋に移動すると、所々光る骸骨が映る。そして開け放たれた窓。そこでVTRは一旦消え、ポッポが「ネコさんが消えてしまったと、私たちは思ったのですが」と喋（しゃべ）ると、またVTRが再生された。

今度は朝なのか、部屋は少し明るい。リビングに飛び散った血痕が映り、モザイクがかかった不気味なものが一瞬映り、動画は終了した。

「不思議なことに、夜にはなかったネコさんの○体は、朝になって急に出現していたのです」とポッポは抑揚のない言葉で締め括った。○の部分はピーという音が入っていた。ユーチューブ的に「死」という言葉はNGらしいのだ。

これはまずい。長野県警から、現場の撮影動画は押収されているはずだ。どこに隠していたのだろう。

とにかく黒宮に電話しておこうとスマホを取り出した。時間は九時二十分、十時前なら迷惑にはならないだろう。

暴露猫チャンネルで、新しい動画がアップされていることを黒宮に伝えた。

「押収したデータの他に、クラウドサービスにデータを保存していたんでしょうね。ちょっと油断したわ。係長にはこちらから連絡しておくから、明日は休んでいいわよ」

犬走は電話を切ってから、再度動画を再生してみた。

塚本が映していたVTRは編集がされていないので見づらいが、逆にリアリティがあってノンフィクションめいて感じる。

下手をすれば捜査妨害で訴えられそうなのに、新井と二人で強行突破しようとした裏には、塚本の加納に対する熱い気持ちがあることは確かだ。

捜査員の立場だから、暴露猫チャンネルの行為には賛同出来ないが、一個人としては許してあげたい。

そんなことを考えているうちに、動画の再生数は急激に増えていった。明日にでもなれば、ネットニュースでも取り上げられて、さらに話題になっていくのだろう。

月曜日、犬走が署に行くと、騒がしかった。どうやら長野県警と合同捜査をすることになったらしい。

連絡係はきっとうちの班になるだろうという予感に気が重くなる。

「エーちゃん。電話」と係長の声がした。

「犬走さんですか、カメこと塚本です。そういえば、思い出したことがあって、聞いてもらえますか」

疲れた声だった。昨日は長野県警にたっぷりと絞られたのだろう。

「いいよ。なんでも話してくれ」

「昨日、事情聴取されたあとに、ネコさんから『SNSマフィア』って知ってるかと聞かれたことを思い出したんです。ネットで調べたんですけど、『SNSを悪用して、他人を誹謗（ひぼう）中傷したり、脅迫したりする者たち』という意味らしいんです。なんかネコさんが殺されたことに関係するんじゃないかと考えたんスけど」

塚本が話した「SNSマフィア」というのは聞いたことがある。暴露系ユーチューバーが裏で恐喝まがいなことをしたり、反社会勢力がユーチューブ事務所を経営して、ユーチューバーを夢見る若者を食い物にしたり、とユーチューブ関係でも勢力を伸ばしている。

ひょっとして、加納は自分も暴露系として名を揚げて、持ち込まれるネタで恐喝まがいのことをしようとしていたのかもしれない。だからこそ、カメこと塚本を前面に出して、自分は裏方に回っていたのだとしたら。

チームを家族と例え、それぞれの呼び名をカタカナ二文字にするのも、石田の詐欺団のやり方を踏襲していたのかもしれない。

とはいえ、加納を慕っている塚本にそんなことは言えない。「こちらでも調べて、メールで報告させてもらいます。あのメールアドレスは塚本さんのものでいいんですよね」と言うと、「大丈夫です。もともと俺の使っているフリーメールを共用してたんで。それと、ネコさんはポッポちゃんのことはあまり信用していなかったようです」と答えが返ってきた。

「ポッポさんは新井はるかさんというんですよね。たしか、途中で加入したはずですが」

「彼女は俺がネコさんに紹介したんですすよ。同業者からバイトでもいいから使ってやってくれと頼まれて。そいつに聞いたら、暴露系のチャンネルを探していたらしいんです。彼女のことも調べてくれませんか。今から考えると俺たちのことを探るために入ってきた文字通りのハト、情報屋だったのではないかと、そうなるとネコさんがハトと呼んだのも納得ってわけです」

「なるほど『ＳＮＳマフィア』の手先として送り込まれたということか。こちらで探ってみるけど、塚本さん、無理をしないようにしてください。ひょっとすると反社に関係しているかもしれませんから」

塚本に念を押してから、電話を切った。

黒宮に報告すると「恋愛詐欺師だった男がユーチューバーになったのは、そういう事情だったわけね。暴露系で有名になれば、向こうから情報を提供してくれるんだもの、美味しいわ。それに裏で恐喝するのも便利だし。ハトについては想像通り。自分から志願したんだから、目的があったのね。損得でしか動かない性格だと思ったけど、やっぱり」

と答えがあった。そういう考えもあるのかと思ったが、真面目に働こうとしていた可能性が一パーセントでもあれば、信じてやりたい気もする。黒宮がハトについてこそんなイメージを持っていたとは知らなかった。伊那市では和気藹々とガールズトークでもしていたと考えていたから、意外だった。

「ハトこと新井はるかについては係長から、警視庁に照会してもらいましょう」

「そういえば、『レイン』かもしれない女性、椎名真生のことがわかったわよ。なんと名古屋に住んでいるんだって」

「マジっすか」

思わずタメ口をきいてしまった。あわてて「本当のことなんですか」と言い直した。

黒宮は犬走の反応が面白かったのか「マジよマジ」とバカにしたように言った。

係長に塚本から聞き出した事実を報告して、それから椎名真生に対する事情聴取に関して、対策を練った。

椎名真生の経歴はこんなものだった。

現在二十六歳。二年前に東京都から名古屋市千種区に転出。去年、運転免許証を更新したことで、現住所が判明。免許取得時には東京都駒場公園付近のワンルームマンションに居住していた。

免許証に付いている顔写真はなかなかの美人だった。

「彼女が在籍したという専門学校には警視庁の方から問い合わせてもらった。最初は渋っていたが、ちょっと圧をかけたら、入学書類から本籍が判明。免許証の変更届と一致していたから、間違いはないだろう。天白のほうからは、こちらでやっていいと了解を得ている。現住所はわかっているのだから、勤務先などはすぐにわかるはずだ」

係長の説明が終わった。

「今日は平日だから、近隣を聞き込みしてから、夕方にでも家を訪ねてみましょう」

黒宮は楽しそうに言った。

椎名真生の家は地下鉄杁中(いりなか)駅近辺にあった。このあたりは大学が多いので、学生用のアパートやワンルームマンションが目立つ。東京と違って六割から七割ほど安いだろう。

アパートは二階建てで、石田のアパートを思い出した。今は勤務中だから、留守だとは思ったが、やはり居なかった。

アパートのフェンスに入居者募集の看板があり、管理する不動産会社の名前が書いてあったので、電話をして、大家の連絡先を聞いた。

大家は雲雀(ひばり)ケ丘(おか)に住んでいて、電話をしてから訪ねた。

出てきたのは七十過ぎくらいのお婆さんだった。髪の毛は小綺麗にまとめてあり、上品な顔立ちだった。

「杁中にあるアパートの入居者のことでお聞きしたいんですが」と犬走が言うと、愛想の良い笑顔が返ってくる。

「椎名真生さんについてなんですが、東京時代のことでお聞きしたいことがあるんです。先ほどアパートにお伺いしたのですが、留守なようでして」

「真生さんね。可愛いお嬢さんだけど。東京から引っ越してきたと話を聞いたことがあるわ。平日はお勤めに出ているから、いないはず」

高齢の人は名古屋弁が出たりするのだが、この女性は物言いが上品だ。それに個人情報が——などと言いそうにない。

「そうなんですか。どこにお勤めなんでしょうか」

「以前は介護職をしていたらしいんだけど、今は港区(みなと)にある工事会社で派遣社員をしていると聞いたわ。正社員になったほうがいいんじゃないと忠告したんだけど、どうせ結婚するからと言うのよね」

社名を聞くと、働いているのは愛知県では結構メジャーな工事会社だ。たしか電力会社の子会社だったはずである。

「椎名さんは乗用車を持っているんですか」と犬走は話題を変えるために大家に質問した。

「中古で買った軽自動車を少し離れた駐車場に置いているわよ」

「どんな車なんでしょうか」

「白色のなんか可愛い車よ。ミラなんとかって言うらしいんだけど」

大家に駐車場の場所を聞いてから、その場を離れた。

「これから、どうします」と犬走が聞くと「駐車場でも見てから、会社の方に行ってみようか」と黒宮は言った。

駐車場は住宅街の中にあった。空き家を潰して、五台分のスペースを確保したというふうに見えた。

防犯カメラはなく、五台分の番号が並んでいるだけだった。真生の白い軽自動車はなかった。

港区にある工事会社は四階建てのビルだった。駐車場もかなり広い。

時計を見ると、午後五時近い。

「駐車場で彼女の車を探してみましょうか」と犬走が提案すると、黒宮が同意したので、二人で手分けをして探した。

社員用と外来用に分かれているので、それほど手間はかからない。

該当する車は十分ほどで見つかった。中古車というが洗車を小まめにしているのか外観は綺麗だった。

黒宮に連絡して、少し離れた場所で真生がやってくるのを待った。あまり遅かったら、会社に電話をしてみればいい。

五時半になった頃、二十代に見える女性が該当車に近づいてきた。グリーンのワンピースに水色のカーディガンを着ていた。髪型はショートだ。顔には白いマスクを着けている。

黒宮が彼女に近づくと「椎名真生さん。私たちは愛知県警の者です。ちょっとお話をお聞きしたいんですが」と話しかけた。

彼女は車のドアに手をかけていたが、一呼吸置いてから、ゆっくりと振り返った。

愛想笑いを浮かべた彼女は値踏みするように黒宮から犬走に視線を移動した。

「どんな話でしょうか。私はこれから帰宅するんですが」

そう言った彼女に通りすがりの女性が「真生ちゃん、お疲れ」と挨拶をしてくる。

「ここじゃ落ち着かないから、どこかで話しませんか」と黒宮が提案した。

「これから、夕食に行くので、そこでよければ」

「私たち歩いてきたから、よかったら同乗させてくれない。なにしろ安月給の公務員だから。税金の節約ってことで」

黒宮の言葉に呆れたような顔をした真生だったが「汚い車ですけど、どうぞ」と後部ドアを開いた。

犬走は黒宮の顔色を窺ったが、平然としていた。

「綺麗な車ね。ゴミ一つないわ」

黒宮の言葉に車内を見渡したが、たしかに清掃が行き届いている。土足で上がるのが申し訳なく思うほどだ。かすかな柑橘系の芳香剤の匂いもする。

「ところで、どんなお話でしたっけ」

「真生さんは、池澤朋子という女性が殺害された事件をご存知かしら。世間では『白雪姫』事件とか言われているんだけど」

「そんな事件があったことは知っています。テレビや新聞でさかんに報道されていましたから」

「それじゃ、池澤朋子ではなく園田朋子といえば、わかるかな」

「えっ……」

「だって、あなたは東京で学生をしていた時に、彼女の娘さんのベビーシッターをやってたんでしょ」

ちょうど信号が赤になって、自動車は停止した。

犬走と黒宮は、後部座席に座っていたので、真生の表情はよくわからない。ひょっとするとそのために後部座席に二人を座らせたのか、そんな考えを犬走は持った。

「今、思い出しました。あの朋子さんだったんですね。あんなに美人だったのに、テレビの写真は別人のようになっていたのでわかりませんでした」

「娘さんの事故のあとに離婚して、いろいろ苦労があったみたいよ。ストレスとかお酒とかは美容の大敵よね」

「それで、具体的にどんなことをお答えすればいいんでしょうか」

「池澤朋子がどんなふうに殺害されたか、ご存知ですよね。『白雪姫』のお妃のように死んでいったんですよ。グリム童話の初版だとお妃は白雪姫の実母。だから娘の事故と関係があるのではと考えたわけ」

「昔のことなので、よく覚えていないのですが、朋子さんは育児に関しては放棄気味だったと思います。でなければシッターなんて頼まないはずです」

「誰か朋子さんに恨みを持っていそうな人に覚えはあるかな」

「それはご主人の総一郎さんじゃないですか。事件の後はシッターの仕事がなくなったので、どうなったかは知りません」

「ところで、真生さんは声優の専門学校に行ってらしたのよね。ということはいろんな声が出せるのかな」

「私は才能がなかったので、退学したんです。夢は夢のままでいたほうがよかったと思っています」

　黒宮の質問時に真生の体が一瞬強張ったようだったが、態勢を立て直したように答えた。そういえば、先ほどから真生は抑揚のない感情を抑えたような口調でマスク越しに話し続けている。

「そろそろ、いつも行く喫茶店に着くんですけど、そこでいいですか」

「もちろん、いいですよ」

犬走は女性二人の会話に参加することが出来た。

真生が駐車したのは、下町風のよくある喫茶店だった。

店内には初老の男性が一人と、中年の男性がカウンターで店主らしいエプロンをつけた中年女性と話をしていた。

一番奥の席に座り、真生は昔ながらのナポリタン、犬走と黒宮はコーヒーと紅茶を頼んだ。

「ところで今月の九日のアリバイをお聞きしたいのですが、これは関係者には誰にでも聞くことなんです」

黒宮は聞き込みに飽きた様子なので、犬走が尋ねた。

「九日というと日曜日ですね」

真生はスマホを取り出し、アプリ画面を見ながら言った。

「そうです。日曜日の午後九時から、翌日の一時までの行動を教えてください」

「その日は夕食を友人の佐藤みどりさんと一緒に摂って、彼女の部屋で家飲みしていました。楽しくて午後十一時まで過ごしてしまって、終電に乗ろうとしたら、間に合わなくて、もう一度彼女の部屋に戻り、泊めてもらいました。それから朝五時の始発に乗って家に帰り、支度をして出勤しました」

「友人の佐藤さんの住所はどこなんですか」

「地下鉄黒川駅から歩いて十五分くらいの場所にあります」

北区から昭和区まで、車を使っても一時間ほどで往復するのは無理がある。

佐藤みどりの電話番号を聞いて、後で裏を取ることにした。

「ついでと言ったら何なんだけど。四月三日、月曜日の一時から八時頃のアリバイはどうかしら」

今まで黙っていた黒宮が尋ねた。

再びスマホの画面を眺めながら、真生は口を開いた。

「前日の十時に就寝して、朝七時、行きつけの喫茶店であるここに来て、いつものようにモーニングを頼み、店主のおばさんと昨日のドラマの話をして盛り上がりました。詳しくはそこにいるおばさんに聞いてください」

そう言った真生は、ちょうどナポリタンを持ってきた店主に「おばさん、この間、警察ドラマの話をしましたよね、今月初めの月曜日の朝なんだけど」

「月曜日の朝、そういえばそんな話をした気がするけどさ。よく覚えてないがね。もう歳だから」

店主は真生の腕を叩くような身振りをして、笑った。それから何かを思いついたようにレジの方に向かった。

真生はマスクを外し、食事を始めた。

すぐに店主が戻ってくると、手にはコーヒーの回数券を持っていた。

「いま調べたんだけど、さっき言った日にチケットを買ってもらっているから、間違いないわ」とチケットの裏に書かれた日付と名前を見せてきた。

「わざわざ、ありがとうございます」と犬走はお礼をした。

「いいのよ。いつでも言ってちょうだい」と店主はエプロンのポケットからつまみの小袋を取り出して、犬走のコーヒーカップの脇に置いた。ついでに飲み干したコップに氷水を注ぎ足してくれる。

カラカラと氷の爽やかな音がして、置いたコップから水が滴り、コップの底に水溜まりが出来る。

黒宮がコップを見つめている。なにか気になることでもあるのだろうか。

名古屋の喫茶店ではコーヒーの回数券を置いてあるところがある。毎回支払いしなくとも、チケットで済むので常連用というわけだ。

最後に『青髭』事件のアリバイについて尋ねると、その日、近くにあるコンビニで朝五時半に買い物をして、この喫茶店で七時に朝食を摂ったと話した。

どうやら平日にはここでモーニングを摂るのが日課らしい。コンビニの場所は聞いたので、防犯カメラで確認すれば、裏は取れる。時間的には、以前黒宮と裏道を通って帰ってきたのを参考にすると、ギリギリのラインだ。

真生は三件のアリバイ質問に対して極めて協力的に話してくれた。声の質は普通で、食事の後にすぐにマスクを着用した。

七色の声を出せるようには、犬走には思えなかった。化粧は質素だが色白でメイク映えしそうだ。服装は地味で、どこにでもいそうな女性に見えた。もっとも、仕事に行くときの服装だけでは判断できないが。

黒宮は喫茶店に入ってからは、車中での執拗な質問はぱったりと消え、興味がなくなったのかと思えるほどだった。とはいえ、何か目論(もくろ)んでいるのかもしれない。

食事を終え、コーヒーを飲んでいる真生に礼を言って、喫茶店を出た。

「きちんと片付けられた車内だったわね。タイヤまで綺麗に洗ってあったのはやりすぎよね」

「それは犯罪の証拠を消すために、車内を清掃したということですか。そうかタイヤに犯罪現場の泥や植物が付着している可能性も考えたのか」

「仮に彼女が犯人だとして、最初と二番目については、車を使わなかったかもしれないけど、『青髭』事件にはどうしても自動車がないと無理だと思うわ」

強引にも思われる感じで、真生の車に乗り込んだのは、車内を調べる目的があったのか。そこまで犬走は思いつきもしなかった。たとえ考えついたとしても、実行できなかっただろう。

「伊那市を往復したら、たとえ裏道を使い、防犯カメラのあるコンビニや商店を避けても、Nシステムをかい潜らなければいけないのでしょうけど、その対策もしてあるんでしょうね」

真生が犯人だとしても、今までからして、容易にボロを出さないであろうことは確かなようだった。

とにかく、二番目の『白雪姫』事件のアリバイ確認が最重要だ。

外に出て、黒宮は佐藤みどりに連絡を取った。すでに午後七時近くになっていたが、暇だから話をしてもいいと返事があった。

彼女の家の詳しい場所を聞いて、地下鉄黒川駅に向かう。

女性向けのワンルームマンションが佐藤みどりの家だった。黒宮が電話をすると、彼女が玄関まで出てきた。

歳は真生と同じくらいの二十代後半、部屋でくつろいでいたのか、ジーンズにトレーナーという服装だった。身長は百六十センチほど、体重は六十キロを超えていそうだ。

「おまたせしました」と明るい声で出迎えてくれる。

「どこか、カフェでも行きましょう。そこでお話を聞かせてください」

黒宮は真生の時と違って、友達とでも話すように言った。

佐藤の案内で歩いて数分のところにあるファミレスに入った。

犬走は黒宮に「食事をとりますか」と尋ねた。さっきはコーヒーだけだったので、お腹が空いてきたからだ。

佐藤はすでに夕食を済ませたというので、ドリンクだけ。黒宮はピザとサラダ、犬走はハンバーグ定食を頼んだ。

食事が来る間に佐藤に質問をした。

「あの日は、確かに椎名ちゃんと八時から飲み会をしていました。サブスクの恋愛ドラマを見ながら、ワイワイと楽しくやっていました。終電で帰るというので、確か十一時前に部屋を出て行ったと思います。それでお風呂に入って、部屋を片付けたりしていたら、彼女が戻ってきて、地下鉄の最終に間に合わなかったから、泊めてと言ってきたんです」

佐藤は可愛らしい色の手帳を見ながら、答えた。

「椎名さんが戻ってきたのは何時頃でしたか」

犬走が尋ねると「十二時過ぎくらいかな。それで椎名ちゃんは朝五時に起きて、始発で自分の家に帰りましたよ。仕事先では始業の十分前には行ってるらしいですから。キチンとしているなと感心したんです」

「飲み会って言ってましたけど、どんなお酒を飲んだの」

黒宮が尋ねた。

「私はワインを飲んでいたけど、椎名ちゃんは何を飲んでいたのかな。ビールかと思っていたけど、そういえば、部屋を片付けていたら、ノンアルコールの缶だったのよ。体調でも悪かったのかな」

黒宮が犬走に目で合図を送ってきた。つまりアルコールを摂取しなかったということは、自動車を使う予定があったということである。

「椎名さんはどんな態度でした。普段と変わったことはありませんでしたか」

真生がなにかを企んでいたのなら、態度が普段から違っていたはずだ。犬走は気になったので質問した。

「そうですね。時折、ドラマから注意が逸れて、上の空みたいな感じがしました」

「椎名さんに恋人とかはいたのかな」

「私には言わなかったけど、なんかあやしい雰囲気で、つき合いが悪いこともあったから、彼氏が出来てもおかしくないかな。えっ刑事さん、何か真生の恋愛事情知ってるの？」

佐藤は顎に両手を置くと、黒宮の質問に答えた。恋バナにかなり興味がありそうだ。話が長引きそうなので「そろそろ……」と犬走は帰ることを黒宮に提案した。

外に出ると、八時過ぎになっていた。そのまま署に戻るのかと思ったら、黒宮は「少し散歩しようか」と言った。

佐藤の自宅の近所には閉鎖した工場や廃ビルなどが散在していた。深夜というわけでもないのに、通行人はほとんどいなかった。

無言になった黒宮は、例によって何かを考えているようだ。

黒宮は真生をグリムキラーと考えているようだが、そうなると、三つの事件のアリバイを崩さないといけない。はたしてそんなことは可能なのだろうか。

そんなことを思いながら、犬走は署へと戻った。

『青髭』事件のアリバイについて、長野県警と協力して捜査した。伊那市から名古屋市へは高速を使えば二時間半ほどで着く。しかし高速道路の料金所などの防犯カメラには彼女が乗っている自動車は映っていなかった。

黒宮と犬走は伊那市の現場から、真生のアパートまで高速道路を使わず、裏道を使って走行したとしても、ギリギリではあるが、五時頃には市内に戻れることがわかっていた。

真生が利用したコンビニの防犯カメラには、彼女らしい姿の女性が映っていた。

「ところで、加納さんの死体が急に現れた謎の現象はどういうことだったんでしょうか」

「それね。ヒントはあのオモチャの骸骨と、白いカーテンよ」

「骸骨は『青髭』に殺された女性の見立てじゃないんですか」

「それだったら、わざわざ反射シートをつける必要はないはず。あれは暴露猫のスタッフを誘導するための仕掛けなの。暗い中で明かりがあれば、誰でもそちらへ向かうでしょ。するとリビングの壁から意識が逸れるというわけ。だから映像にはチラッとしか映っていなかったのよ。あれが壁ではなくて、白いカーテンだったとしてもね」

「どういうことです」

犬走はそう質問して、思い出した。壁の前に白いカーテンが放置されていた。あれは意図的に置かれていたのか。そう思い当たったときに閃いた。

「そうか、壁に見えたものは実はカーテンが吊り下げられていただけ。カーテンに仕切られたその奥に死体が吊るされていたというわけだ。……だけど、どうやってカーテンを外すことができたんですか。すでに犯人は逃亡していたはずですよね。それとも朝方に戻ってきたとか」

「簡単なトリックを使ったのよ。天井近くに洗濯用のロープみたいなものが張ってあったでしょ。そこに糊をつけて白いカーテンを貼っておく。すると数時間もすれば粘着力がなくなって、自動的にカーテンは落下する。すると壁に吊るされた死体が出現するというマジックが完成するのよ。まさに『青髭』の秘密の部屋と、それを開ける金の鍵というわけ」

「そうか。塚本さんたちが家に入った時にはなかった死体がその後に現れたら、犯人が一度戻ってきて、死体を吊るしたと思われる。だから、そこでアリバイを作れる。実際にその場所にいなくとも自動的に死体が出現するわけですから」

「さっきも言ったけど、犯人の計画としては、朝の五時頃に死体が発見されるとは思っていなかったのね。きっとお昼過ぎとかに見つかる予定だったんでしょう。もし発見されないようなら、暴露猫チャンネルにメールを送ればいいだけだし」

犯人は、塚本の加納に対する思いを読み違えていたということだったのかもしれない。

「あと二つのアリバイについてはどうなんですか」

犬走の質問に、黒宮は自信ありげに答えた。

「『赤ずきん』事件のアリバイは、七時過ぎに会社員が騒音を聞いて、その時間に犯人が逃げ出したというものだから、こんなトリックを使えばいいのよ。まずコップの下に角氷を敷いておく。すると、氷が解けて、コップはバランスを崩す。そして床のフローリングに落ちて、派手な音を出す。その時にコップに水を少し入れておけば、落ちた時に氷は水に紛れ込む。だから、氷が一時間ほどで解ければ、その時に犯人が部屋にいたように偽装出来て一時間ほど時間稼ぎが出来るというわけ。水切りトレイに厚いガラスのグラスがあるのに、どうしてすぐに割れるような薄手のものをわざわざ落としたのか。それは派手な音が出るから。厚いグラスでは割れないからね。冷蔵庫の中に角氷が入っていたから実現可能というわけ」

それで、黒宮はトレイの中や冷蔵庫をチェックしていたのか。それから真生と一緒だった喫茶店で、氷水が入ったコップを凝視していた意味を理解した。

「土地勘のない石田がアパートを借りられたのは、真生が部屋を紹介したんじゃないのかな。不動産屋に頼んで内見してから、ちょうどいい物件を見つけて、大家の情報を石田に流した」

現場アパートを扱っていた不動産屋に真生らしき人物が内見したことがなかったか再調査を頼むため、犬走はすぐに不動産屋に電話をした。以前に聞き込みをしたときの女性事務員が出てくれたので、話は早かった。今度は具体的な人物像があったので、年格好だけを伝えた。

数時間後、不動産屋から電話があった。

「犬走さんですか。以前は二ヶ月分のアンケートだったんですが。もう少し過去に遡り、半年分のものを見直したら、それらしい女性がいました。なによりも、アンケートに書かれた住所が出鱈目だったし、連絡先のフリーメールアドレスに連絡するも返事はなく、戻ってきたんですよ。名前も偽名のようですし。なんか字が汚いというか、ぎこちなくて不自然な感じでした」

早速、そのことを黒宮に報告した。

「やっぱりね。真生が石田に部屋を紹介したのよ」

ネズミを追い詰めた猫のような笑顔で黒宮は言った。

「それにしても、二人はどうして名古屋で再会したのでしょうね」

「真生が『レイン』だったとしたら、どこかで彼女の本籍などの経歴を調べてあったんでしょうね。加納の庭は東京だから、警視庁のお膝元で隠れるのはさすがにと考えたのかもしれない」

「となると、あとは『白雪姫』のアリバイ崩しですか」

「なに、言っているの。もう答えは出ているわよ」

黒宮は椅子に深く腰掛け、人差し指に髪の毛を巻きつけながら答えた。

どういうことなのだろう。犬走は宿題を出されたような気分だった。答えはもうすでに出ていると言う黒宮に、犬走は挑戦を受けてやろうじゃないかと、刑事になったときの情熱が蘇る。

まず今まで集めたデータを整理する。

被害者の死亡推定時刻は四月九日の午後十時〜十二時。

発見されたのは昭和区にある空き工場。被害者の乗用車は徒歩十分ほどの堀川沿いの河原で発見された。

死体は椅子に縛り付けられ、安全靴を履かされコンロで焼かれていた。

床には「ユウ」とつま先で書かれたと思われる文字が残されていた。

入り口から椅子までは箒できれいに掃かれていた。

工場の出入り口は、発見されやすいように開いていた。

被疑者と目される椎名真生のアリバイは、友人の佐藤みどりによって、午後十一時前から十二時過ぎは確認出来ないが、その前後はアリバイが成立している。

手帳から拾い上げたデータをタブレットの手書きメモに書き写した。パソコンで文章化するのもいいが、アナログな手法だと違った角度から眺められる。

画面を見つめていても何も浮かばない。自販機から缶コーヒーを買って、体内にカフェインを注入してもダメだった。頭の中で考えが空回りしてその摩擦で耳から煙が出てきそうな気分だった。

深呼吸をして、再度考える。いい考えが閃いた。

黒宮の態度や反応から、判断すればいいのではないか。そういえば、時々おかしな態度が見られた。そこになにかが隠されている。

佐藤みどりの家の周辺にある空き家や空き工場、空き地を嗅ぎ回っていた。

殺害現場が箒で掃除されていたことに興味を示していた。

コンロで焼かれた安全靴と床に書かれた文字をしげしげと見ていた。

だいたいこんなところか。手書きで書いた文字にタブレットペンシルでアンダーラインを引いたり、色を変えて丸で囲ったりしているうちに、頭の片隅にある考えが芽生えた。

あの空き工場がどうして犯行場所だと考えられたのか。それは被害者の車両が空き工場付近に駐車していたこと。床にダイイング・メッセージめいたものや、足を焼いたと思われるキャンプ用コンロが残されていたことに起因する。

それらが殺害後、持ち込まれていたとしたら。そこで犬走は膝を叩いた。椅子に縛り付けた遺体ごと空き工場に運び込まれたから、掃除してあったのだ。つまり、被害者の足跡がないという不自然さを解消するための掃除で、犯人自身の足跡を消すためというのはミスリードだった。発見場所で殺害されたのなら、被害者の足跡が付かないわけがない。被害者から靴を外して、足跡を付けてから再度戻すのは無理だろうし、その跡が残ってしまう。

被害者の朋子が、自分の車で乗りつけ、待ち合わせの空き工場で殺害されたと思っていたが、犯人が朋子の自動車に死体を椅子ごと乗せてから運べば可能ではないのか。

犬走は資料を漁った。朋子が乗っていた自動車は車椅子を乗せられるタイプだった。

窓に車椅子シールが貼られている。

全てが繋がった。真生が犯人だとしたら、犯行方法はこんなものだったのだろう。

佐藤みどりの家を出て、近所の空き工場や空き家で朋子と待ち合わせておき、そこで酒を飲ませて意識不明にする。断酒していたアルコール依存症の人が再び飲酒すると、めまいや動悸・呼吸困難という離脱症状が起きるらしい。その状態なら椅子に縛り付け、安全靴を履かせ、コンロで焼くことで心不全を起こすことが出来る。朋子が乗ってきた自動車を目立たないところに隠す。

犯行を終え、佐藤には終電が間に合わなかったという十二時からのアリバイを作る。家に帰らないといけないと、朝五時に再び家を出る。すぐに朋子の自動車に椅子ごと死体を乗せ、車内に証拠が残らないようにブルーシートなどを敷いておく。犯行現場の昭和区にある空き工場に行き、死体を運び込む。それから自動車を河原に乗り捨てブルーシートを回収して、離れた場所に捨てておく、それを誰かが見つけてもホームレスが使ったとしか思われない。工場を掃除しながら、証拠が残っていないかチェックして、男性用の二十七センチのスニーカーの跡を残す。出入り口を少し開け、発見しやすいようにして、地下鉄の駅に向かう。

そこまで考えてから、床に書かれた「ユウ」という文字。朋子が娘の優香をそう呼んでいたという証言があったが、それを真生は知っていた。

どうしてわざわざダイイング・メッセージめいたものを残したのか、被害者が自分の娘を事故死させたことへの罪悪感と考えられていたが、実はトリックだった。床にそんなものが書いてあれば、そこが犯行現場だと思ってしまう。先入観を利用して、犯行現場の違いからアリバイを作り出したのである。「ユウ」というのもよく考えられている。母親が優香を「ユウ」と普段呼んでいたことから、朋子が書いたのに違いないと印象付けられる。

だが、朋子がそう呼んでいたと知る人物に犯人が限定されると知った今では、諸刃の刃となって真生に返ってきた。細工をしすぎてボロが出る。頭のいい人間にありがちな失敗だ。

犬走はパソコン画面を見ている黒宮に「報告があります」と言った。黒宮は部屋に設置されている時計に視線を向けた。今は十一時四十分だから、昼食が気になっているのだろうか。

「どうしたの、真剣な表情をしちゃって」

黒宮の言葉に臆することなく犬走はさきほどの考えを一気に話した。

「すごい、本当に解いちゃったの。確かにそれなら犯行が可能よね。やればできるじゃない」

そう言って、黒宮は掌ではなく、指先を軽く叩くようにして、拍手のつもりなのかパチパチと音を立てる。

バカにされているのか誉められているのかわからないが、犬走は「班長もそう思いますか」と答えた。

「説明するのが面倒だからさ、自分からは言わなかったんだけど、自力で解決するのは見上げたものね。それと『ユウ』と朋子の車に車椅子が乗せられるという点は、よく気がついたわね」

「車椅子の件は、係長が『車椅子のシール』が云々と言っていたし、『ユウ』については、成城でメガネをかけた女性がそれについて言及していましたから」

「成城のときは、エーちゃんが成城マダムにオモチャにされているの、面白かったなあ」

思い出し笑いをしながら、黒宮は言った。それから、スマホの通知画面と時計を交互に見ながら、黒宮は「係長にはエーちゃんから報告しておいて、私は食事に行くから」と言い残して、部屋を出て行った。

係長の姿を探すと、席を外していた。食後に報告書を作成するかと、犬走も食堂に向かった。

通路で久しぶりに課長と会った。書類を持った管理官も横にいて打ち合わせが終わったのか、管理官は課長に手を振ると、自販機に向かった。課長は「例の事件、順調に捜査が進んでいるらしいじゃないか」と犬走の肩をポンと叩いた。

それから歩き始めた課長は振り返り「本ボシが見つかったようだが、ちゃんと裏だけは取れよ。冤罪(えんざい)はもう御免だからな」と言った。

近くにいた管理官が犬走のほうを見ると、口元を歪(ゆが)め侮蔑の表情を浮かべながら、自販機からペットボトルを取り出した。

食堂でカツカレーを注文しながら、犬走は先ほどの管理官の表情の意味を考えたが、わからなかった。

管理官は名前の「嶺晴雄」から「見栄晴(みえはる)」と陰で呼ばれていた。自分の能力を見せびらかすタイプのようで、周囲からあまり好かれてはいない。

出口のない迷路を走り回っていた捜査陣にとっては、犬走の報告は救世主のようなものだったようだ。遊軍のような黒宮班の真価が発揮された瞬間でもあった。

捜査方針が決まれば、それぞれに役割が与えられ、能力を発揮し始める。

それぞれの班が真生の裏付けに回された。一番の問題は、仮に真生がグリムキラーとするのなら、どんな動機で三件の犯罪を行ったかだった。

「『赤ずきん』と『青髭』については、詐欺団内部の抗争あるいは口封じ、犯罪で得た金銭を独り占めするなどが考えられる。だが、二番目の『白雪姫』についての動機は、今のところ不明だが、池澤朋子さんと椎名真生には東京時代に関係がある。そこらへんに突破口があるのではないか」

課長は檄を飛ばした。動機が判明すれば、すべてのピースがぴたりと嵌まる。

動機の解明は黒宮班が主導することになった。

『青髭』事件のトリックは、戸村巡査部長を通じて長野県警に参考意見として伝えてもらった。現場に残された白いカーテン地に接着剤が付いていたことは調べでわかっていたが、時間差トリックまでは思い至らなかったという。

池澤朋子の関係者への事情聴取は済んでいるが、真生との関係については十分とはいえない。後から発掘した事実だから、それは仕方ない。

まずは朋子の母親真智子から事情を聞くことにした。

母親の家は地下鉄塩釜口駅を出て、北に十五分ほど歩いたところにある古い一軒家だった。

銀色の古そうな軽自動車が一台庭に駐車していた。玄関は風を入れるためか開いていて、虫除けの網戸がついている。

犬走が大きな声で「すみません、真智子さんはいらっしゃいますか」と言うと、しばらくしてカタカタという音と共に、八十歳近くに見えるお婆さんが姿を見せた。

腰が悪いのか、四脚杖を両手で摑んで立っている。用件を伝えると「また、朋子のことかね」と言い、手招きをした。三和土の隅に車椅子が折り畳んであった。

お婆さんはソファーに「どっしょ」と掛け声を出してから座った。

「そんで、犯人はわかったかや」

「犯人逮捕のために、お伺いしたんです。前にも他の捜査員に聞かれたとは思うのですが、事件の前にいつもと違った様子とか、見知らぬ人が訪ねて来た、といったことはありませんでしたか」

「介護の人くらい（くりゃー）しか、来ないでね。変わったといえば、家をリフォームするんだなんてタワけたことを話していたけど、どこにそんな金があるんだか。あんな大きな車のローンすら満足に払えないのに。いつまでも夢みたいなことばっか言ってないで、地に足をつけて働いてちょ、とは言ったんだけど。若い頃はどえりゃー美人で、一生お姫様みたいな暮らしをするんだろうと思っていたんだけどさ。美人薄命というのは本当だったんだわな」

　最後は愚痴になっていたが、気になることがあった。リフォームするという部分だ。

「朋子さんには、リフォームするお金の当てでもあったんですか」

「酔っ払いみたいな話しかしていなかったのに、断酒をして真面目に働き出したから、変だなとは思っていたんだわ。きっと男でもできたのかなと。今は無職だと結婚するのは難しいと、介護の人に聞いていたから、そこで考えたんだろうね。朋子も昔のような別嬪（べっぴん）さんならまだしも、普通のおばさんだから。楽して暮らせるはずもないのにさ」

黒宮は話題を変えるように「よかったら焼香して帰りたいのですが」と言った。

犬走は立ちあがろうとするお婆さんを制して、仏壇の場所を尋ねてから、焼香をした。

お婆さんに見送られて、犬走たちは家を出た。

外に出てから、家を見渡した。たしかにリフォームしたほうがいいと思われるほど塗装は剝げ、ブロック塀にはヒビが入っている。

「経済力のある男性を見つけて、養ってもらおうとでも考えたんでしょうか」

「四十五歳で、そんな男性と結婚出来たら、誰も苦労しないでしょうね」

冷ややかな声で黒宮は答えた。

「ということは、玉の輿に乗る方法以外で、何かお金が入る当てが出来たということになりますよね」

と言った犬走は、ふと、石田の近所に朋子が自動車を駐めていたことを思い出した。

「そうだ。朋子さんが石田を脅迫していたら、どうです。過去に石田との関係性を指摘されていましたよね」

黒宮はすぐに答えずに、池のある天白渓下池公園を横目で見ながら、散歩でもするかのような足取りだった。

「面白い考えだけど、視点を変えて、石田ではなく真生を脅迫あるいは何か利用しようと思っていたとしたら、どうなの」

あくまでも黒宮は真生と関係づけたいらしい。飛躍した発想だが、裏付けがない。

今日は朝から晴れていて、外出するのには良い日なのだが、聞き込みで歩き回るには向いていない。

犬走は大きめのハンカチで首筋を拭いながら、黒宮の意見を頭の中で検討した。

地下鉄に乗車して、漠然と車内の吊り広告を見ていた犬走は、朋子と真生の関係についてある事実が閃いた。

メモ帳を開いて確認した。朋子が駐禁の切符を切られた日は、三月十八日の土曜日の午後二時。最初の事件に臨場したときに、宅配便の配達員が「数週間前の土曜日に作業服姿の若い男性が来ていた。週末にどうして」と疑問に感じた旨を話していた。

犬走は真生の姿を脳内に再生した。色白の美人で、髪型はショートカットだった。頭にガテン系の男性がやっているようにタオルを巻いて、顔が隠れるような大きなマスクをすれば、性別も判らなく出来るのではないか。作業服も大きめなものを着用し、喉元が見えないようにする。塗装業者のようなズボンに安全靴を履いていれば、誰でも先入観から男性だと判断してしまうだろう。

犬走は、出入り口にもたれるようにしてスマホをいじっている黒宮に「彼女は男装出来ると思いますか」と尋ねてみた。個人名は出せないので彼女としたが、わかってもらえるだろう。

スマホ画面から顔を上げた黒宮は「どうかしらね。いけそうな気はするけど。だったらさ。試してみればいいじゃない」

「何を試すんです。彼女に強制するわけにはいかないし」

「今は便利なアプリがあるじゃない。彼女の写真があるんだから、アプリで加工すればいいのよ」

「そうか。マッチングアプリでモリモリに加工して、別人のようになってしまったなんて話はよくありますよね。ところで班長はそういうものに詳しいんですか」

「そのぐらいは常識だけど。一応言っておくわね。私には加工アプリは必要ないから」

「それはもう、誰でも知っていることですから」

犬走の言葉に、黒宮は頷いた。

本庁に戻った犬走は、黒宮に写真の加工を頼んだ。真生の写真を配達員の証言ふうにしてもらおうと考えたのである。慣れた手つきでタブレット画面上でペンシルを走らせていた黒宮は、しばらくすると「こんなものでどう」と画面を見せてくる。

画面に映し出された真生は頭にタオルを巻き、顔には黒いマスクを着用。肌も小麦色に塗られている。

「素晴らしい出来じゃないですか」

「マスクは色も変えられるし、形も変更出来るわよ」

「いろんなパターンを作って、配達員に見てもらいましょうよ」

「仮に、真生が作業員に変装していたら、どうなるわけ」

「朋子さんが石田のアパート付近で駐禁の切符を切られたのが、三月十八日の土曜日なんです。配達員が証言したときのメモを確認したら、そのあやしい若い作業員ふうの人間を見かけたのが同じ土曜日。これは具体的にいつの土曜日かは不明ですが、同じ日だとすると、朋子さんは真生さんを尾行していて、石田のアパートにたどり着いたのではないかと」

「さっき、私が言ったように、朋子が真生を脅迫あるいはなんらかの目的のために利用しようとしていた。だから真生の周辺を嗅ぎ回っていたということになるわね」

黒宮は集中するときのクセなのか、視線を一箇所に固定して考え込んでいる。

「係長に言って、事件前の防犯カメラの映像を再調査してもらいましょうよ。特に朋子さんが切符を切られたあたりを集中して。その頃なら、犯人だって下見の段階で意外と油断していたかもしれない」

「そうね。まずはその配達員に事情聴取して、その間に防犯カメラなどをチェックしてもらいましょう」

宅配業者名と車両に書かれた配達員の名前を控えてあったので、本人を特定するのは簡単だった。連絡を取り、配送センターで事情を聞くことにした。

長良橋(ながらばし)近くにある営業所に向かった。配達員が余裕のある時間は午後二時から四時頃というので、午後三時半に間に合うように急いだ。

営業所の受付で配達員の名前を出すと、午後便を積み込んでいるのではというので、駐車場を探すと、彼がいた。トラックの後部口を出入りして、荷物の積み込み作業をしている。

「忙しいのにすみません」と、犬走は呼びかけた。

二人を見た彼は「あっ、どうも」と笑顔になった。名乗らなくても覚えていたらしい。彼の視線からして、犬走よりも黒宮のことを忘れていなかったのに違いない。

「電話でもお話ししましたが、あのときに見たという若い男性のことなんですが、こちらをご覧いただけますか」

黒宮がタブレット画面を彼の目の前に差し出した。

配達員は真生を加工した画像を覗き込んだ。

「この人物に、その若い男性は似ていませんでしたか」

腕組みをしながら「似ているような気もしますが、マスクが灰色でもっと大きかったからな」と彼は答えた。

黒宮はタブレットを操作して、マスクの色を黒から灰色に、それから上下に拡大した。

「マスクはそっくりです。雰囲気もなんだか合ってます」

「ところで、この人物は女性なのですが、実際男性だったんでしょうか。それとも男装していたような気配はありませんでしたか」

「ええ、女性ですか。そう言われれば男にしては小柄で華奢な感じはしましたけど」

配達員は顔の前で手を振りながら、答えた。

「その人物に会った日にちについては、どうですか」

「先月、土曜日にあのアパートに行ったのは、十八日の午後と、四日の夕方でした。忙しいので、こんなところでいいですか」

営業所を出て、歩きながら「これはいよいよ椎名真生さんが本ボシのような気がします」と犬走は言った。

「朋子が真生を尾行していたと仮定して、どうしてそんな行動を取ったのか、そのあたりがまだ空白というか埋まっていないわよね。東京時代になにか関係がありそうなんだけど。また成城に出張するわけにもいかないしね」

黒宮はそこまで言ってから「そうだ。いいことを思いついた。エーちゃん、あのおばさんに連絡を取って、情報を収集してもらいなさいよ」

「それだけは勘弁してくださいよ。班長のほうから依頼してもらえますか」

成城で隣に座った中年女性にがっしりと腕を摑まれた感触とか、きつい香水の匂いが犬走の脳裏に蘇る。

「だけど。あの時に連絡先をもらったんでしょ。捜査のためなんだから、協力してもらいなさいよ」

どうしても許してもらえないようだと犬走は考えた。

「わかりました。署に戻ったら、連絡を取ってみます。なにかあったら、班長のサポートを頼みますよ」

本庁に帰るのが憂鬱だった。


俗に刑事部屋と呼ばれる二階にある刑事課に犬走が入ると、係長が寄ってきて「あの日、Nシステムを精査したら、現場近くに池澤朋子さんの車両が映っていて、その数秒前に椎名真生の車両も走っていた。つまり尾行していたというわけだな。真生に関しては帽子とマスクで顔ははっきりと判らなかった。二人に繫がりがあったことは確かだが、問題は動機だ」

「係長、そのあたりはエーちゃんが伝手をたどって解決してくれると思います」

圧をかけるような黒宮の視線に、犬走は机の上にある固定電話で、メモを見ながら、電話をした。

「中林(なかばやし)です」という声に聞き覚えがあった。それからあの中年女性が中林という苗字だったと知った。

「愛知県警の犬走です。電話で申し訳ないのですが、ちょっとお聞きしたいことがありまして」

「あら、あの時の刑事さんじゃない。何を聞きたいの。私のことだったらなんでも答えてあげるわよ」

受話器の向こうからでも彼女の心が躍るような表情が窺えた。

「いや、園田朋子さんとベビーシッターの椎名真生さんのことで何かご存知でしたら、教えていただきたいと」

「なんだ、そんなこと。いいわ、明日みんなとお茶会をするので、詳しく聞いておいてあげる」

最後の「あげる」が一文字ずつ間を空けるような発音だったので、犬走は寒気に肩を震わせた。

刑事課の直通番号を教え、礼を言って受話器を置いた。犬走は気分を変えるために両手で頬を叩いた。

課長の指示で、真生に関しては尾行をつけるだけで、直接的な接触は避けるようにとのことだった。

次の日。犬走が部屋の時計を見ると、午後八時だった。『赤ずきん』事件などの専従とはいえ、それ以外の事件も手伝わされる。ここ二日ほど何も進展がないので、中区で起きた強盗事件の初期捜査に携わっていた。報告書を仕上げ、パソコンを閉じて、帰るために立ち上がると、電話が鳴った。嫌な予感がする。

「刑事課です」

「犬走さん、中林です。お茶会でいろいろ情報を聞き込んだわよ。噂話も交じっていますけど」

長話になることを予想した犬走は、スピーカーにして、録音させてもらうことを伝えた。

最後に「お礼はなにをしてもらおうかな」と言う中林に「捜査協力として地元の名

産品を送らせていただきます」と答えて、電話を切った。

録音したデータを再生して、メモを取るが、とにかく話がすぐ飛ぶので、とりとめがない。

以下、重要と思われる点を書き留めた。

二ヶ月ほど前に、朋子から真生に関して、何か知らないかと電話があった（前回参加していなかった女性宛て）。

朋子は事故時、玄関に鍵をかけていたと言っていたが、合鍵を庭にある鉢植えの底に置いていた。それを使って家に入る朋子を目撃したことがある人もいて、朋子はそれを強いて隠してはいないようだった（ベビーシッターをしていた真生なら、それを知り得たのではないか）。

真生は朋子と親子のように仲がいいというよりも、朋子の贅沢な生活に憧れを持っていたのではないかと思われる様子を見せていた（朋子に嫉妬を感じていた）。

事故死のあとに、朋子が自分のアクセサリーや宝石が無くなったと騒ぎ、娘のことよりもそんなことばかり言うのかと夫と揉めていた（ひょっとして家人が在宅中に窃盗を働く「居空き」が入っていたのか）。

朋子と真生の仲の良さは表面的なものだったのかもしれない。警視庁から取り寄せた事故の調書に、真生の朋子への批判めいたものがあったことを思い出した。

気がつくと、すでに九時過ぎになっていた。犬走は退庁し、待機寮への帰り道、歩きながら先ほどのことを考え直した。

散歩などをしていると、アイデアが降ってくるという人もいる。そのときの犬走もそんな状況だった。娘の優香の事故死の時、朋子は一人で昼寝をしていたというが、合鍵の場所を知っている真生がなんらかの目的で家に侵入した。アクセサリーや宝石が無くなっていたというから、盗み目的だったのかもしれない。そこを優香に目撃されて――。

真生のそのときのアリバイは、友人と会っていたというものだったが、裏付けまではとられていない。最初から娘の事故死は朋子しか疑われていなかった。真生はただの関係者という立場だったから、捜査の蚊帳（かや）の外に置かれていた。

例えば、朋子が娘の事故死に真生が関係していると気がついたらどうだろう。わざわざ真生のことを今になって、成城のママ友に電話してきたことがあやしい。無くなったアクセサリーや宝石と、合鍵のことを結びつけたのか。あの事件さえなければ、贅沢三昧な生活を続けられていたはずだ。恨みが真生に向けられる可能性はある。

考えている間に、寮に着いた。


翌朝、本庁に向かった犬走は係長と黒宮に声をかけた。空いている会議室で、犬走は昨日のことを音声データを再生しながら、説明した。

「つまり、真生は朋子に嫉妬というよりは、自分が朋子になりたかったのよね。裕福な生活に憧れて……」

黒宮は何かを思いついたと言うように、言葉を濁した。

「朋子さんは、真生を問い詰めようとして、返り討ちにあったという可能性はあるな。どんな情報を手に入れたのかは、死人に口無しでわからないけどな」

係長の言葉に、犬走は「ところで泳がせている真生さんのほうはどんな感じです」と質問した。

「それがな。付き合っている男がいるようなんだ。金曜の夜や土曜日にレストランやテーマパークに遊びに行っていることが報告されている」

「相手はどんな男性なんです」

身を乗り出して黒宮が聞いた。食いつきの凄さに係長は身を退け反らせるように距離を取った。

「報告によると、神尾智也、三十歳。中区にある電機会社でエンジニアをしている。東区にあるマンションで現在一人暮らし。実家は一宮市で自営業ということだ」

「彼の年収・身長・外見を教えてくれませんか」

「外見はそうだな、優しそうだが、優柔不断というか、普通の感じだな。身長は百七十センチほど。年収は……そこまで調査していない」

「写真はあるんですよね」という黒宮の問いに、係長は資料の中から写真を取り出して、黒宮に渡した。

写真を凝視していた黒宮は、すぐに興味をなくしたのか「わかりました」と返した。

「言い忘れていたんだが、真生は高級パン屋巡りをしているらしい。この間、高級パンブームは終わりみたいな記事を読んだんだが」

「俺も読みました。全国で閉店が続いているらしいですよ。真生さんはパンが好きなんですかね」

なぜか黒宮は黙っている。何か言いたげな黒宮に、犬走はどうしたんだろうと不思議に思った。

※　※

カメこと塚本は本業の動画撮影の依頼が増えて忙しかった。グリムキラーの事件のおかげで、いつのまにか業界で有名になっていたのである。

メジャーな暴露系や時事系のチャンネルに加入しないかと誘われることも増えた。だが、塚本は話には乗らなかった。

どうせ、グリムキラーの事件で世間が盛り上がっている間だけ、もてはやされるだけだ。事件が解決したら、飽きたオモチャのように捨てられる。それに殺害されたネココと加納に申し訳ないという気持ちがあった。チャンネルは更新されていないが、まだ残っている。

暴露猫の事務所は、来月まで家賃が払われているので、時折使わせてもらっている。

仕事終わりに飲んでいたら、自宅まで帰るのが面倒になり、町田の事務所にやってきた。

警察が来て、事務用品などを洗いざらい押収していったので、事務所は寒々としている。

ソファーは押収されなかったので、朝までここで過ごすつもりだった。スマホを取り出して、明日の予定をチェックする。

メールの通知が来たので、メールアプリを立ち上げる。

件名を見て、寒気がした——マジかよ、思わず独(ひと)り言が口をついた。

第四章　ヘンゼルとグレーテル

魔女が処刑されるのは、魔女の日にふさわしい。

闇落ちした主人公からは誰も逃げられない。——グリムキラー

私の識別記号　し　んくぬを

※　　　※

内容を読んで、カメこと塚本は興奮と恐怖でスマホを落としそうになった。

まだやる気なのかよ、というのが正直な気持ちだった。少し沈静化していたネコこと加納が殺害された恨みが腹の底から立ち昇ってくる。

どうしようと考えた。まずこのメールが本物のグリムキラーからかどうか。次は警察に連絡するかどうかだ。

そうだ識別記号があった。今度は四度目だったら、四文字、ひらがな表がちょうど

空白の場合は次の文字にずらして変換をする。

空白は濁点だから「し　んくぬを」は「ぐれえてる」となる。これはガセじゃない、本物だ。

ネコさんならどうするだろうか。照明を落とすと、カーテンを閉めた。暗い事務所で目を閉じ、考えを巡らせる。

カーテンの隙間から差してくる陽光で塚本は目が覚めた。いつの間にか、寝ていたらしい。大きく伸びをして筋肉の緊張をほぐす。カーテンを開いて朝日を浴びると、爽快な気分になって、悩んでいたのがバカバカしくなった。そして、腹を決めた。

スマホを取り、ハトこと新井はるかに連絡をした。

「実はな、グリムキラーからまたメールが届いたんだ」

「うわあ、すごいじゃないですか。また動画を作るんでしょ」

「いろいろ迷ったんだけどさ。やめとくわ。警察に釘を刺されているし、それにネコさんみたいにシナリオが書けないし、これ以上グリムキラーに踊らされるのに嫌気がさしているんだ」

「そんな。勿体(もったい)ないですよ。ねえ、よかったら。そのメールを見せてくれないですか。

絶対に秘密にするから。私たちチームだったんですよ」

新井にメールを見せるつもりはなかったが、チームだからと言われると弱い。「俺たちチームだろ」という加納の声が脳内に響き渡ったからである。

「絶対に誰にも言うなよ」と圧をかけてから、新井にメールを添付して送った。

それから、以前もらった犬走の名刺を探し出して、電話をかけた。

※　　※

犬走が朝の支度をしていると、電話がかかってきた。通知画面には塚本と表示されている。

「グリムキラーから昨日の深夜にメールが来たんです。それで犬走さんに報告しておこうと。以前お世話になったので」

「ありがとうございます。ところで、動画にしようとは思っていないでしょうね」

「前に懲りていますから、大丈夫ですよ。それにネコさんもいないし」

しんみりした口調に犬走は信用出来るだろうと判断した。

「ところで、メールの件は誰にも言わないでくださいね」

「ハトに見せてしまいました。でも絶対に公言するなと釘を刺しておいたので、大丈夫ですよ」

「ハトって新井さんのことですよね。話してしまったのは仕方ないし、よければ、もう一度念を押しておいてくれるとありがたいのですが」

「ハトから『チームだから』と言われると、つい昔のことを思い出して。もう一度言っておきますから。ところで加納さんが殺害された事件はどうなってます」

「まだ捜査中で、お話は出来ないんです。すいません」

そう言って犬走は電話を切った。塚本には冷静を装って会話をしていたが、心の中では大変なことになったと感じていた。

電話の内容に犬走は、ネクタイを締めるのを忘れて、寮を出た。歩きながら、スーツのポケットに入れたネクタイを締めて、早足で本庁に向かった。

階段を駆け上がるようにして、刑事課に入った。まだ八時を十数分過ぎただけだ。

刑事部屋には数人しかいなかった。係長の席は綺麗に片付いていたから、まだ登庁していないらしい。

まずは塚本から送ってもらったメールを三部印刷した。それからグリムキラーのメールを分析してもらうために、科捜研にメールで送った。

塚本が言っていた「グリムキラー」の識別記号をいつものように変換すると、現れたのは「ぐれえてる」だった。

作業をしている間に、係長がやって来ると「蒸し暑いな」と言って脱いだ背広を椅子にかけた。

すぐに犬走は係長のもとに駆けつけ、朝の経緯を話すと、印刷したメールを渡した。

椅子から背広を取った係長は「上と相談してくる」と小走りで出て行った。

部屋がざわついていると、黒宮が姿を見せた。犬走は係長にしたのと同じことを話した。

「魔女と『ぐれえてる』ね。それは『ヘンゼルとグレーテル』のことだと思うわよ。最後は、グレーテルが悪い魔女を竈で焼き殺すのよね」

「魔女の日というのはなんでしょうか。ハロウィンにはまだ日があると思いますが」

腕組みをした黒宮は「それよね」と言ったところで、係長が二人を呼びつけた。

「中川区の件で、捜査会議を開くぞ。黒宮班にはさっきのメールについて報告してもらうからな」

会議室には人が溢れていた。

課長から「グリムキラー」の犯行予告についての説明があった。

「それで魔女の日というのは、ちょっと調べてみたところ、四月三十日から五月一日にかけての夜に魔女が集まるというイベントのことのようだが、外国の祭りであって、日本ではほとんど知られていないと思うのだが」

課長は腑に落ちないというように言って、捜査員の顔を見回した。

係長の「黒宮班から、そのあたりも含めて説明いたします」という言葉に勢いよく席を立った黒宮は、背筋を伸ばして話し始める。

「まず、魔女の日については、日本ではマイナーなイベントですが、最近SNSでイベントをやろうという動きがあって、アニメやコスプレ界隈(かいわい)で盛り上がりを見せています。名古屋市内では白川(しらかわ)公園あたりがイベント会場の候補に挙がっているようです。魔女の服装をしてさわぐことになるので、犯人には被害者を選り取り見取りということになり、犯罪を防ぐのはかなり大変かと」

「犯行予告に場所が特定していないんだ。どんなに人員を割いても難しいだろう。なにしろ選ぶ権利は向こうにあるからな」

苦悩に満ちた表情で言う課長の横から管理官が「本当にグリムキラーからのメールなのは間違いないんだな」と発言してきた。

「メールの文末にある識別記号の書き方が三件の事件と同一なので、間違いはないと思います」

黒宮の答えに管理官は「それで、犯人（本ボシ）の目処（めど）は立っているんだな」と言った。

係長が今までの経緯から椎名真生について説明した。

「ということは、ホシを見張っていれば、現行犯で逮捕出来るということだな。監視対象者は気がついていないんだろうな。魔女の日まであと十日もない。よし、全力で阻止するぞ」

その後、人員配置の割り振りなどが行われた。黒宮班は単独で動くことになった。この捜査会議でも浮いた存在のようだ。だが、好きに行動出来るのはありがたいと犬走は考えた。

土曜日の夜、犬走が疲れた体を布団に横たえていると、スマホが鳴った。

「犬走さん。大変なことになってしまいました。ハトが裏切ったんですよ。『アレコレチャンネル』ってご存知ですか」

「名前くらいは知っています。メジャーな暴露系ユーチューバーですよね」

「そうです。そこにハトがあのメールを持ちこんだんです。動画にされて、アップされたのをさっき知ったんです」

「まずいことになったな。一度動画を見てから、また連絡します」

犬走は電話を切り、すぐにアプリを立ち上げると、オススメ動画として表示されていた。一時間ほどしか経っていないのに、すでに数万単位で再生されている。

「魔女の日に誰が◯される。グリムキラーが犯行予告」と派手なイラストにおどろおどろしいフォントの文字が躍る。

「アレコレ」という男性が、視聴者からのタレコミという設定で、グリムキラーからのメールを読む。間を置いてから「グリムキラーからの手紙って言っているけど、本物かよ。どうせガセなんだろ、とみんな思っているかもしれないが。これが違うんだ。その証拠を見せてやるよ」と挑発的に言った。

画面にモザイクがかかったメールの文面が映った。「私の識別記号　〇〇〇〇〇」だけ、はっきりとわかるが、肝心の記号は伏せ字になっている。

「識別記号が書いてあるのが、グリムキラーとその他大勢のインチキ野郎を見分ける証拠というわけ。簡単な暗号なんだけど、これは解読済み。どんなものだったのかは今は言えない。だって、詳しいことを言ったら、みんなグリムキラーの真似をするだろ。警察だって、暇じゃないんだから。頭のネジが緩んだ連中が『俺が』『私が』グリムキラーなんです、なんて凸したり、メールしてきたら困る。ほんと税金の無駄遣いになるからな。だから言わない。けっして暗号が解けなかったとかいうわけじゃない。いいな、ここは大事だぞ。だが、俺は視聴者に優しい。ヒントだけ言っておく。暗号の答えはとある童話の主人公だ。それと、魔女。みんな、魔女の日が来たら、答えは明らかになるはずだ。ここで忠告をしておく、魔女の日のイベントを計画したり、魔女のコスプレをしたり、そんなことは絶対にやるなよ。絶対だぞ」

大した情報は出さずに、見ている人間を煽り倒す。再生数稼ぎとはいえ、よくやるものだ。

動画にモザイクはかかっていたが、どうやら本物のメールのようだ。ヒントの答えも具体的に明らかにされてはいなかったが、合っている。

ハトこと新井はるかが「アレコレ」に持ちこんだことは確かなようだ。

塚本に電話をした。待ち構えていたようにすぐに出た。

「動画見ました。内容からして本物のようですね。新井さんが口約束を破った程度では、こちらとしても口頭で注意するくらいしか出来ませんが」

「俺の言ったことをブッチしたのはもちろん許せないけど、ハトについては他にもあやしいことがあるんです。一度ハトを同席させて詳しく話を聞いてもらえませんか」

「情報提供にご協力いただけるなら、お伺いしますよ」

「じゃ、時間についてはこっちで調整しますので、町田の事務所でいいですか」

了解の旨を伝えて電話を切ってから、出張費が出るだろうかと思いながら、犬走は係長に電話をした。

「出張費はちょっと難しいな。違う名目で領収書をもらってくれ。動画については、ホシを泳がせている最中だから、刺激しないようにな」

どうやら、上層部の方針はホシを油断させ、魔女の日に一気に動くというものらしい。

午後十時過ぎ、犬走がスウェットの上下に着替えたとき、黒宮から電話が来た。彼女からの電話は滅多にない。

係長から彼女に連絡が行き、犬走から直接話を聞きたいということだった。

「ポッポちゃんね。なんか裏がありそうな女だったわよね。週末はこちらでいろいろ調べることがあるから。エーちゃん一人で行くか、それとも水島くんでも誘ってみたら。東京に遊びに行こうぜなんて言えば、ホイホイついて来るんじゃない」

「そんなバカじゃないと思いますが。では、そちらは班長にまかせて、最悪一人で聞き込みに行ってきます」

次に水島に電話をしたが、仕事があるということだった。彼も『白雪姫』事件に携わっているのだ、当たり前かもしれない。

結局一人で犬走は町田の事務所に行くことになった。二度目なので、約束した午後二時の時間には余裕で間に合った。

十分ほど早かったが事務所のドアをノックした。すぐにドアが開き、塚本が顔を突き出した。不安そうな表情が犬走を見て、笑顔に変わる。

事務所はガランとしていた。契約が残っているからまだ使用出来るのだろうけど、これなら引っ越しが楽だろう。

テーブルを間にして塚本と向き合って座る。

塚本はメールの件で謝ると「実は……」と話を始めた。

「最近、いろいろ思い出して、考えたことがあるんです。以前に『SNSマフィア』という話をしたと思うんですが、加納さんはそれをやろうとしていたんじゃないかなと。グリムキラー事件のネタを扱うまではちっとも芽が出なくて、出資した人間に顔向け出来ないと焦っていたんです。加納さんは詐欺師で、詐欺団に加わっていたというじゃないですか。だから、暴露ネタとして持ち込まれた情報を使って裏で恐喝をするつもりだったのでは」

そもそも加納がユーチューバーになった目的がそれだったかもしれない。そう考えれば塚本を前面に押し出して、自分は裏方に回って目立たないようにしていたのも腑に落ちる。

「それは説得力がありますね。出資者という人間にも心当たりがあります」

そこまで言ってから、ふと思いついた。『クライ』こと石田、『チキン』こと加納が

『SNSマフィア』という新たな商売で結びついていたら、『レイン』と思われる椎名真生も何か関わりがあったのではないのか。

「ところで、加納さんは『レイン』という女性について何か話していたということはありませんか」

「『レイン』っすか、そんな名前は聞いたことがないです。ただ、ハトが加入する前に、予定していた女性がダメになった。というようなことを話していました。ハトを入れたものの、心底からは信用していないようで、肝心な情報は与えないことにしているようでした」

予定していた女性が『レイン』ということなのだろうか。

そのとき、ドアがノックされた。塚本は立ち上がり「時間をズラして、ハトを呼んでいたんです」と犬走に説明した。

ドアが開き、新井はるかが入って来た。もう一人後ろから、長身のためか、頭を下げるようにドアをくぐるガタイの良い男が姿を見せた。

どうやら新井はボディーガードを連れて来たようだ。彼女は犬走の横に座った。上半身Tシャツの男は立ったまま、辺りを見回している。

隣に座っている犬走をチラリと見た新井は「あら、どこかで会ったかしら」と改めて見つめた。

「以前、伊那市でお会いしました。愛知県警の犬走です」と挨拶をしてから、再び座り直した。長身の男が体を強張らせたのがわかった。

「あの美人刑事の相棒の人ね。あら、刑事は二人で行動するんじゃないの」

「彼女は用事がありまして、今日は私一人です。ところで、新井さんが暴露猫チャンネルに加入した経緯を教えていただきたいのですが」

犬走の質問に、新井はどこまで話していいのか探るような視線を塚本に向けた。

「どうせ調べがついているんだろうから。ぶっちゃけ話をするけどさ。私は面白そうなネタを拾って、いろんなところに売り込むわけ。昔は週刊誌などの紙媒体が主だったんだけど、今はネットや動画関係。特に暴露系なんかに需要があるのよ。ほら、視聴者からのタレコミなんてあるでしょ。あれがそう。私の師匠筋から面白そうなネタを摑んだところがあるって聞いて、伝手をたどってそこにいるカメに連絡を取ったのよ」

「ハトという呼び名通りの情報屋だったわけですね」

「おかしな呼び名をつけられただけでもムカついたのに、あんな被り物をさせられて。まったくピエロじゃないつうの」

「俺たちのネタを盗むために、入って来たんだな。どうりですぐにネタが拡散されていったわけだ。なにが『私たちチームだったんですよ』だよ。利用された俺のほうがピエロだよ」

塚本は顔を紅潮させて、立ちあがろうとしたが、男に肩を押さえつけられて、座り直した。

「人間なんて利用し合ってなんぼよ。約束を破ったことは悪いけど。大したことじゃないでしょ。どうせ、あんなことはどこからか漏れていたわよ。それに犯罪を予防するという意味では役に立っているんだし」

新井はミュールを履いた足を投げ出し、居直ったように言った。

「新井さんは『SNSマフィア』の尖兵として送り込まれたわけですね」

犬走の言葉に、新井は口を歪めて不快感を露わにした。

「刑事だからって、聞いたふうなことを言わないでよ。こっちは体を張ってネタを集めているの。警察手帳を開くだけで情報がもらえるポリ公と一緒にしないで。それにネタをどんなふうに扱うかは相手次第でしょ。売った包丁をどんなことに使うか、気にする人がどこにいるのよ」

新井の勢いにのまれそうになったが、犬走は「最後に一つだけ教えてもらえますか」と質問をした。

「暴露猫チャンネルに出資者がいて、女性が一人参加予定だったらしいんですが、そのあたりご存知ですか」

横に立っている男の顔色を窺うようにしてから、新井は「暴露猫は石田が指名手配されて地下に潜ることになったから、新たなシノギとして考えられたという噂があったからさ。同じチームがスライドして事務所を作ったんじゃないの。だから、女の子もチームの一員でしょ。石田も加納も殺害されて、過去になったからここまでは話してあげる。もう一度話せって言われても否定するし、情報元も教えてあげない。じゃ、もういいでしょ」

新井は立ち上がり、男と視線を交わした。男は黙って頷いた。

「ここでの話は、内密にお願いします。あなたがたも痛くもない腹を探られたくないでしょうし」

犬走は抑えた口調で念を押した。

「それは魔女の日に何があるのか、それ次第。それまでは大人しくしていると思うわよ。それに業界内の裏話を嫌う人もいるからさ」

二人が事務所を出て行ったのを確認すると、塚本は冷蔵庫からお茶のペットボトルを二本出して、一本を犬走に手渡した。

「エナジードリンクはやめたんですか」と尋ねると、苦笑いした塚本は「飲みすぎると体に悪いらしいですよ」と答える。

ソファーに体をぶつけるように座った塚本は「まさに、人生いろいろというヤツですね」と言った。

「こちらとしては、情報が得られて出張してきた甲斐（かい）がありました。何も収穫がないと上にも報告出来ないので」

「あのマッチョな男はボディーガードかと思ったら、どうやら監視するために付いて来たんだな」

「余計な話をしないように見張っていたんでしょう。情報屋というのはリスクが高いですから。海外ドラマなんかでもよく殺されますしね」

塚本の言葉に犬走は返した。

「刑事さん、ドラマをよく見るんですか。俺も好きなんですよ」

犬走は名古屋に帰ることにした。成城でこの間の裏を取りたかったのだが、なにしろ一人なのだ、何をされるかわからないので、やめておいた。

塚本は事務所で少し仮眠をしてから、家に帰ると言っていた。

名古屋に帰り、本庁に顔を出した。係長がいたので、報告をした。

「そうか。ユーチューブをシノギにしようと考えていたのか、それなら全ての辻褄が合うな。加納は石田が殺害され、資金主がいなくなったことで、焦っていたのかもしれない。でなければ、わざわざグリムキラーと密会するなんて危険なことを考えないだろう。で、椎名真生はそんな詐欺団から足抜けしたかったのかもしれない。それにしても次の犯行を予定しているとしたら、その動機はなんだ。邪魔な二人はもう殺害したのに」

係長は首を捻った。

四月二十四日、月曜日。珍しく朝から雨だった。刑事部屋に入ると、犬走の机の上に紙袋が置かれていた。紙袋には「森のパン屋さん」というロゴと樹木に囲まれ煙突から煙が出ている、絵本に出て来そうなイラストが印刷されている。

中を確認すると、菓子パンが出て来た。誰かのお土産だろうか。とはいえ、心当たりはない。もう一度紙袋を見ると、一宮市にあるパン屋のようだ。観光地ならまだしも、同じ愛知県内だ。

誰が置いたのかわからないと、食べる気にはなれない。そのままにしておいた。

黒宮が通りすがりに「賞味期限が今日までだから、すぐに食べなさいよ」と犬走に注意した。

「班長のお土産だったんですか。朝、いきなり置いてあったんで、不審物かと思いましたよ」

「そのパン高かったんだから、必ず食べて感想を聞かせてよ」

黒宮の口調は命令に近く、「必ず」に強いアクセントがあった。

犬走は椅子から立ち上がり、土曜日のことを報告した。

「『レイン』こと真生は暴露猫に参加してなかったわけね。係長が言ったように、詐欺団から抜け出したかったのでしょう。どうしてこんな面倒なことをして、三人も人を殺してまで真っ当な生き方を選んだのか、そこに全てがありそうな気がする」

意味深な言葉を残して、黒宮は自分の席に着いた。

珍しく刑事部屋に捜査員が溢れていた。彼らの話を聞いていると、どうやら稲沢市などで続いていた児童関連の事件が解決しそうなので、応援から戻って来たということらしい。次は魔女の日対策に駆り出されるのだろう。

「あとは所轄でなんとかなるだろ」

「いつもこんなにうまくいけば、苦労はしないのにな」

解放感からか、話が弾んでいる。

「ねえ、その話詳しく教えて」

彼らの話に黒宮が加わった。人の話を聞きにいくとは珍しい。犬走は聞き耳を立てた。中年の捜査員が話し出した。

「それが目撃例があって、なにしろ子供だからはっきりとは証言出来なかったんだが、中年女性ということだった。印象的な甲高い声で『こっちにいらっしゃい』と言うんだ。さらに体全体からケーキとかお菓子の甘ったるい匂いがしたというんだな」

「昔の口裂け女を思い出させるよね」

「黒宮さん、鋭い。あのあたりの児童はみな『お菓子婆さん』と呼んで恐怖の存在だったようです。へんな噂が立たないように学校が箝口令を敷いていたために、あまり話題にはなっていなかったんですけどね」

「それで、どうして解決に結びついたのよ」

「その『お菓子婆さん』の手を覚えていた頭のいい女子児童がいて、目立つ指輪をしていたのを目撃していたのさ。なんでも『オープンハートリング』とかいうヤツ。そこからブツの所有者を辿れば。あとは簡単だろ」

「ティファニーのものね。アクセサリーに興味のある子供なら、知っていてもおかしくはないわ。さすがは一課の精鋭たち」

捜査員たちは、黒宮の言葉にニヤニヤして、うれしそうだった。彼女が無駄に称賛するとは思えない。その裏には何かがあるはずだと犬走は思った。

昼食後のおやつとして、紙袋から菓子パンを取り出し、食べてみた。たっぷりと入ったチョコレートは甘さが控えめで上品な味わいだった。パン生地もうまい。クロワッサンはサクサクとした食感で、使われているバターの香りもいいから、高級なものを使用しているのだろう。

高いパンと黒宮が言っていただけのことはある。以前、係長たちと高級パンブームがどうのと話したことがあった。それと何か関係しているのだろうか。

真生がパン屋巡りをしているという報告を思い出した。黒宮がパンを買って来たことがそれに関係しているのだろうか。

黒宮が昼食から戻って来たので、パンの感想を伝えることにした。

「やっぱりね。美味しいんだけど、すごく高価なのよ。食材にも拘っているうえに、店の内装や外装にも凝っていて。ほら紙袋ですら高そうでしょ」

先程は気が付かなかったが、紙袋は良い紙質でイラストはカラー印刷だ。だが、それがどうだというのだろうか。

「班長はわざわざ一宮市までパンを買いに行ったんですか。真生さんがパン屋巡りをしていたことと関係があるとか」

「そのあたりは自分の頭を働かせなさい。考えていることがあるのよ」

相変わらず、黒宮は秘密主義だ。こういう性格の人にはアレコレ言わない方がいいらしい。

犯行が行われるであろう「魔女の日」は今週の日曜日。もう一週間もない。

捜査本部は現行犯逮捕で一気に片付けるつもりのようで「魔女の日」や「ぐれえてる」のキーワードについて考慮することはやめたようだ。童話に見立てるのは本当の動機を隠すためだけで、ただのフェイクに過ぎないと考えている。

捜査会議に参加していた黒宮は、黙って上層部の意見を聞いていたが、嫌な含み笑いを浮かべ、犬走に横目を使って軽蔑の意を伝えて来た。

捜査方針に逆らうつもりはないが、なにかあったときの対策を自分なりに取ることにした。

今までの三件の殺人が全て真生一人で実行したとすれば、今度の犯行も用意周到に計画しているはずだ。彼女は男装したり、トリックを使ったりと、単純な犯罪者とは違う。

犬走はパソコンで報告書を作りながら、考えを巡らせた。

まず動機はなんだろうか。石田と加納を殺害したのは、詐欺団と縁を切るためだ。

主要メンバー二人がいなくなれば、真生はしがらみから解放され、自由を手に入れられる。朋子を殺害したのは、過去の犯罪を嗅ぎつけられ、強請られたためだ。三件の殺害動機は自分の保身をはかることにある。三件の殺人の見立ての裏には全て動機があった。だからこそ、今度も動機が存在するはずだ。通り魔的・快楽的な殺害だけが目的ということはない。

考えが行き詰まったので、今度はどこを襲うつもりなのか、キーワードを検索する。ネットで調べると愛知県内でも「魔女」がつくショップは意外とあった。コンカフェ、ダイニングバーなどだ。「グレーテル」で検索するとケーキ屋などがヒットする。今までのことからして「魔女」・「ぐれえてる＝グレーテル」を見立てにしてくるはずだ。

一度読んだだけで、机の中に入れっぱなしだった、『初版グリム童話集』を取り出して『ヘンゼルとグレーテル』を読んでみた。

物語のラストではグレーテルの罠にかかった悪い魔女が竈に入れられて焼き殺される。兄妹は魔女の財産を奪って、父親と三人で幸せに暮らしました。という意味深なオチがついている。

ネットでいろいろ調べると、兄のヘンゼル、妹のグレーテルは親に捨てられるという不幸な境遇を、二人で協力して魔女を倒すことで自立し、成長する物語。最後に実母は病死して、父親だけが生きているというのは、自分たちを捨てた母親＝魔女という意味と解釈する人もいるらしい。

何かが閃いた。そうだ『ヘンゼルとグレーテル』の象徴的なものは「お菓子の家」。グリムキラーが襲うならそこが一番ふさわしいのではないか。

黒宮の意見も聞いてみようと立ち上がった犬走は、机の上に折り畳んであった紙袋を片付けようとして、動きが止まった。

朝から黒宮になにか違和感を覚えていたが、一連の動きに繋がりが見えた気がした。だが、空白部分が埋まらない。

本人に尋ねればいいのではないか。最近理解したのだが、黒宮は何も持たずに尋ねると、冷たい態度をとるが、こちらがある程度の情報を携えて、足りない部分だけを問えば、意外と考えを披露してくれる。

黒宮の姿を探すと、席にはいなかった。どうやら上層部に呼ばれているらしい。

しばらくすると、黒宮が戻って来た。書類を見て何か考え込んでいる。

タイミングを図って、黒宮にパン屋の紙袋を見せて「これの件ですが」と犬走は言った。

「あら、なにかわかったの」とチラリと紙袋を見てから答えた。

「この紙袋、『ヘンゼルとグレーテル』に出てくるお菓子の家と関係あるんじゃないんですか。だから班長は休みの日にこの店を下調べに行って、パンを買って来た」

「それだけじゃ不完全ね。いろいろ作戦を練っているから、またあとで打ち合わせをしましょう」

退庁時間が迫った頃、黒宮が係長に「これからエーちゃんと二人で白川公園に防犯対策の視察に行って来ます」と言った。

黒宮からそんなことを言われるのが珍しいためか、係長は少し驚いたというように目を瞬(しばた)かせると「おっ、頼むわ」と答える。

白川公園に着くと、夕日が沈み始めていた。雨が降っているためかほとんど人はいない。日時計とか立像とかモニュメントなどを一通り見て回る。

雨を避けるために、白川ブリッジの下に入った。すぐに雨足が弱まり、黒宮は近くにある円形ベンチに移動した。犬走はハンカチでベンチを二つ分拭いてから、黒宮の隣に座った。

「さっきの話だけど。一宮市に『森のパン屋さん』というお店があるのは、紙袋を見て知ったと思うけど。そのオーナーが誰だかわかる？」

「魔女と関係あるんですか、そのオーナーは」

「聞いて驚くわよ。オーナーの名前は神尾葉子。歳は五十代前半だと思うけど、近所では美魔女と言われるくらいに、若く見える。そのぶんエステなどにお金をかけていると思うわ。お店の経営は趣味かと見えるほど、無駄に贅沢かつ無計画。あれだと今年いっぱい持たないかも」

犬走は魔女＝美魔女と考えたが、いくらなんでもそれはないだろう。しかし、神尾葉子という名前に聞き覚えがある。真生が付き合っているという男性がたしか神尾智也だったはず。

「ひょっとすると、オーナーというのは、神尾智也の母親だったりするんですか」

「正解。真生が普通の男性と付き合うわけがないと思ったの。これは実家が太いんじゃないかなって。それで聞き込みをしてみたら、そのあたりでは旧家で資産家。智也の父親は二年前に病死。母親の葉子は、趣味に満ちたパン屋さんを始めたというわけ。エーちゃんもあのパンを食べたからわかるでしょ。高級パンブームも終わりそうだし、あの手のタイプは損切りが出来ないから、資産をとことん溶かす恐れがあるわね。つまり真生にとって葉子は家を食い散らかすシロアリみたいなものなの」

「葉子さんが亡くなれば、智也が全ての財産を継ぐ、そこで真生さんが智也と結婚すれば、悠々自適な生活を送れる。そんな計画というわけですか。だけど二人は婚約すらしていないんですよ」

「そこがずるい手なのよね。まあ、心も体も支配してしまえば可能だと思うわよ。それに智也という男は相手に依存しやすいタイプだからね」

神尾智也がどんな男性か資料でしか見たことがないから、犬走には性格まで把握出来ていなかった。黒宮のことだから情報通の友人でも使って調べ上げたのだろう。

「葉子さんが経営する『森のパン屋さん』が童話に出てくるお菓子の家、葉子さんが魔女という見立てで殺害するのは、ちょっと無理筋なんじゃないですか。グリムキラーは童話に出てくる悪役を処刑するというのが表向きの動機になっていますよね。葉子さんは前科はなさそうだし、経営者として無能というだけですよね」

犬走の疑問に、黒宮は「罪がなければ、作ればいいじゃない」といつもの意地悪な笑みを浮かべた。

意味を問おうとしたとき、急に雨足が激しくなった。犬走は持っていた折り畳み傘を広げた。黒宮も晴雨兼用らしい可愛らしい傘を開いた。

犬走の傘に雨音が響いた。足元に雨水が流れていく。最近革靴を新調したばかりだ。天気予報は小雨だったはずと恨みたくなる。

「駅まで戻りましょうか」と犬走は言って、早足で地下街の入り口に向かった。

地下街に続く階段は湿気に満ちていた。犬走は傘から雨滴を払うと、折り畳んだ。

「俺は本庁に戻りますが、班長はどうします」

「私は直帰するから、係長にはよろしく言っておいて」

黒宮が地下街に消えていくのを待って、犬走は地下鉄の改札口に向かった。雨が降ってなければ、徒歩で帰るのだが。

電車の中で犬走は、黒宮が途中まで言ったことの真意を考えた。

つまり、なんらかの罪を葉子に被せればいいということなのか。ということは、童話の内容からして、子供に関係したものということになる。そんなことがあったのかと愛知県内で起きた事件を思い巡らすと、あった。

稲沢市で起きていた、児童誘拐未遂などの「お菓子婆さん」事件である。

応援に出向いていた捜査員に、朝に黒宮がわざわざ話を聞きに行っていたことが頭に残っていた。

神尾葉子を「お菓子婆さん」にすることで、グリムキラーが処刑するための理由をでっち上げるという計画なのだろう。

本庁に戻り、係長に挨拶だけをしておいた。詳しい話は明日に黒宮と打ち合わせて、具体的なことが決まってからでいいだろう。

なにか黒宮は上層部の方針に良い感情を持っていないようで、独自の行動をするつもりのようだ。犬走にとって黒宮は直属の上司なので、なにがあってもついていくつもりだ。

次の日。黒宮が資料を読んでいたので、犬走は邪魔にならないタイミングで声をかけた。

「昨日の話ですが、葉子さんが稲沢の『お菓子婆さん』ということでは。そうすれば、彼女に罪を着せることが出来ますよね」

黒宮は周囲を見回してから「私もそう思う」と答えた。さらに「さっきも稲沢応援組に聞いたら、『青髭』事件の少し前くらいから、実際の事件が起きなくなって、噂が一人歩きするようになったらしいのよね」と続ける。

係長が近づいて来ると、黒宮に向かって手で呼び寄せた。

二人はヒソヒソと話し始めた。なにかを打ち合わせているようだ。

黒宮が戻って来ると「グリムキラーが襲いそうな場所を前もって選定しておく、みたいな提案をしておいたから、エーちゃんは一人で、あのパン屋に行って神尾葉子を観察して来て。外見とか指輪に注意してね」

黒宮の指示は、葉子と「お菓子婆さん」との共通点を探して来いということだと理解した。

葉子の店「森のパン屋さん」は一宮駅を降りて、南に十五分ほど歩いたところにあった。すぐ近くに森林があったので、そこからパン屋の名前をつけたのだろう。朝降った雨はすでに上がって、空はきれいに晴れ上がっている。

店は商店街から少し離れた場所だった。入り口の前に三台分の駐車場があったが、一台も駐車していなかった。

外観は紙袋に描かれていたイラストに似て、お菓子の家ふうにチョコやクッキーで作られたようにデザインされている。

奥のほうに空き地があり、国産の高級車が駐められていた。

店に入ると、十一時ということもあるのか、客は誰もいない。レジの方から「いらっしゃい」と挨拶が聞こえた。

商品ケースには食パンや様々な菓子パンが並んでいる。商品を選んでいるふうを装って、レジ前にいる神尾葉子らしき中年女性を観察した。

背は高く、痩せている。髪の毛には紫のメッシュが入っていた。化粧は厚いが顔が整っているので、五十代前半には見えない。確かに美魔女と呼ばれるだけのことはある。

両手の指に指輪が嵌まっていて、右手にファッションリングなのか、ハート型のものがチラリと見えた。

中年女性と目が合ったので「妹のお土産(みやげ)に買って行こうと思っているんですが、どれがいいでしょうか」と尋ねた。

「こちらにある、これなどはいかがでしょうか。若い女性に人気ですよ」とショーケースに置かれたチョコレートパンを勧めて来た。

同じものを昨日食べたので、自分用にメロンパン、妹の土産にチョコレートパンとシナモンロールを別の紙袋に入れてもらった。

会計を済ませると、全部で千円を超えていた。レジの間に「オーナーのかたですか。ずいぶんとお綺麗ですね」と話しかけると、彼女は「いやだ。もうおばさんですよ」と恥ずかしげに答えた。サービスなのか妹の分は紙袋ではなく、手提げ袋に入れてくれる。

犬走が商品を受け取ると、オーナーは「また来てくださいね」と笑みを浮かべて見送ってくれた。

店を出て、しばらく歩いてから、店を再度眺めてみた。黒宮が評価したように、流行ってはいないようだ。趣味でやっていると皮肉られても仕方ないように感じる。

店の近くにある公園のベンチに座り、お茶のペットボトルを飲みながら、メロンパンを食べた。程よい甘さに、メロンの香りも良い。だが、毎日食べたいとは思わなかった。高すぎるからだ。

公園から菓子の店が見えたが、客が入った様子はなかった。

本庁に戻る前に、丸の内駅で降りて、ドラッグストアに向かった。そこに妹の史花が薬剤師として勤務しているのである。

店内にある調剤受付に妹の姿はなかった。休憩中なのかもしれない。そこで一般販売員にパン屋の紙袋を渡して、兄からだと言付けを頼んだ。

史花とはちょっとしたことから半年前に仲違いをしていた。犬走の「学費を出してやった」という恩着せがましい一言が妹を傷つけてしまったのだ。

成績優秀だった妹を薬科大学に行かせるために、犬走は高校を卒業後、すぐに警察官を拝命した。母方の祖父が元刑事で、子供の頃聞かされた刑事話が面白く、警察官に憧れがあったのだ。でも、自分が犠牲になったという思いが心の底にあったのかもしれない。そして妹はそれに対して負い目を感じていたのだろう。

妹が薬剤師として勤務し始めた時、犬走はネクタイをプレゼントされた。初任給をもらったからというのだ。そのネクタイは使わずにタンスにしまってある。

そんな時もあったのだ。今になって、妹に会いに来たのは、グリム童話の「ヘンゼルとグレーテル」を読んだからだった。魔女を倒した頭のいい妹グレーテルが、史花とダブってしまったのである。

本庁に戻り、黒宮にパン屋のオーナーの葉子が「お菓子婆さん」と特徴が似ていることを話した。

「紫色のメッシュの髪についても、この間他の班から出ていたわ」

「オーナーと話していて、思いついたんですが。『お菓子婆さん』が児童に『こちらにいらっしゃい』と脅した件ですけど、こうすれば声を合成できるのでは……」と犬走は説明をした。

「なるほど、挨拶の『いらっしゃい』と商品を説明する『こちらにある』をＩＣレコーダーなどを使い録音して、合成すれば可能だわね。音声のピッチなどを変えて、怖い声にするのも今なら簡単でしょう。うまく考えたものね」

「だけど、真生さんみたいな若い女性が、中年女性に変装できるものでしょうか」

「中年女性が若い女性に変装するよりは、簡単に出来るんじゃないの」

「たしかにそうですね。葉子さんは五十代前半とは思えないほど若く見えますし、子供にとっては大人の女性はみな、おばさんやお婆さんに思えるのかもしれません」

黒宮は咎めるような鋭い視線で犬走を見た。

「真生さんのターゲットは葉子さんということになるんでしょうか」と犬走は話題を変えた。

「それは確実だと思う。実はそれ以外にも、隠された動機というか理由があるのよね」

そこまで言って黒宮は「今日は久屋大通公園に視察に行くわよ」と言った。

久屋大通公園は南北に広い。ここを警備しようとするとかなり無理がある。公園内には飲食店も多く、イベントも開催されたりするほどだ。

「これは真生さんを尾行しても、身を潜めたり、変装したりと、やりたい放題出来ますね。カバーするのは大変じゃないですか」

犬走は日差しを掌で遮り、公園を眺めながら言った。

「ネットでは白川公園でゲリライベントなんて盛り上がっているふうだけど。何か仕掛けるならここでしょうね。私が真生ならそうするわ」

「自治体や警察から『魔女の日』イベントを自粛するように要請したうえで、すべての申請を却下したはずなんですけど。やっぱりゲリラ的に強行突破する連中がいるんでしょうか」

「売れないユーチューバーやSNS目的で集まる人もいるでしょうし。コスプレイヤーも参加しそうよね。目立ちたい人には、逮捕されるかもしれないけど、それを上回る魅力があるんでしょ」

「それよりも、先ほどの隠された動機というものはなんだったんでしょうか」

「エーちゃんがグリムキラーだとするわよね。世間では処罰されない悪人を裁く人間とされている。だけど、それをいつまでも続けられると思う？」

「それは、いつか飽きるか、逮捕されるまで続けるでしょうね。なにしろ世間はグリムキラーをもてはやしているんですから。やめるにやめられないはずですが」

「だったらやめる理由を作ればいいでしょ」

「罪がなければ、作ればいいという理屈と同じですよね」

黒宮が出題した問題を、歩きながら考えた。いつもは散歩などをしているとアイデアが降って来たりするのだが、今日は頭が回らない。やはり、頭が空っぽになっていないとダメなのかもしれない。

「カフェで昼食を奢るから、教えてくれませんか」

犬走は白旗をあげた。

「仕方ないから、教えてあげる。つまり世間にグリムキラーが引退しても無理ないなという理由を作ればいいのよ。例えば、無実の罪の人間を間違って殺害してしまったみたいな。その後、誰か身代わりの人間を自殺に偽装して、グリムキラーだという証拠になるものを偽造した遺書と一緒に残しておく。これならグリムキラーが消える理由と自殺する動機も揃い、世間も納得というわけ。完璧な犯罪ね」

「そうか、その無実なのに殺害されるのが『ヘンゼルとグレーテル』に出て来る魔女に見立てた葉子さんというわけですね」

「魔女として殺害されれば、当然稲沢市で起きている児童の事件の関連性を疑われ、葉子の指輪や髪型から『お菓子婆さん』と同一人物だとされる。だけど、詳しく調べればアリバイなどで、彼女が何も関係なく無実だったことは立証される。なんなら、無実の証拠をそれとなくマスコミやネットにリークすればいいだけだから。真生はそこまで考えて計画を練っていたのよ。それとね、彼女にはそうしないといけない理由があるの」

「なんです。それは」

「仮に葉子が稲沢児童の犯人だとするでしょ。そうしたら、その息子の智也はどうなると思う。被害者からは民事訴訟され、犯罪者の身内ということで、仕事を辞めないといけないかもしれない。親戚からも冷たくされるでしょうし。そんな人間と真生が結婚するわけないでしょ。だから葉子の冤罪を確実に晴らす必要があるわけ」

「冤罪だったとわかれば、世間は一転して同情してくれるでしょうし。その間真生さんだけが智也に優しくしておけば、より一層依存させることが出来るということになりますね」

真生が若い頃に悪の道に踏み込まなければ、今頃はどうなっていたのだろうか。サイコパスと呼ばれる人間は自分の知性や魅力を利用して社会的に成功していることもある。

「それだけの才能があれば、ひとかどの人間になれただろうに。どうして彼女は道を踏み外したんですかかね」

湿っぽい雰囲気を変えようと、犬走は時計を見た。昼食に頃合いの時間になっている。

「そこにカフェがあるので、お昼にしませんか。約束通りに俺が奢ります」

エンゼルパークに手頃なカフェがあったので、そこに入った。黒宮はパスタランチセット、犬走はたまごのホットサンドを頼んだ。

犬走はスマホで通知をチェックした。相変わらず妹からは何も連絡がない。

食事を終えた黒宮は「エーちゃん、女の子に振られたの」といきなり尋ねて来た。

何を言っているのだろうと犬走は黒宮を見つめた。それからあわてて「誤解です。妹とつまらないケンカをしていて、それで昨日パン屋さんで買ったものを差し入れに持っていったんですが、留守でして、そのあと何も連絡がないんですよ」

「本当かしらね」と黒宮は、わざとらしく音を立ててアイスティーをストローで吸った。

「妹さんはたしか薬剤師だったわよね。仕事が忙しいだけじゃないの」

黒宮は上司だから、部下の家族構成を把握している。この際相談してみるか、犬走はそう考えて「どうやったら妹と仲直り出来るんでしょうか」と聞いてみた。

「それは謝り倒すしかないんじゃない。パンとかじゃなくて、もっと豪華なプレゼントをしないと。謝罪とプレゼント攻勢、これしかないわね」

「そうですか。考えてみます」

無駄な相談だったなと犬走は後悔した。そういえば、黒宮から家族の話題が出たことがない。軽い気持ちで「班長に兄弟はいないんですか」と尋ねた。

「私は一人っ子」と冷たい目で答えが返ってくる。

家族の話題には触れないほうが良さそうだ。そう判断した犬走はレシートを手にして「そろそろ出ましょうか」と言った。

二人分の支払いを済ませて、店を出た。それから「これからどうします」と黒宮に尋ねた。

「魔女の日対策は他の班にまかせて、私たちは葉子に焦点を合わせて行動することにしましょう。真生はこちらの動きには気が付いていないはずだから。これからは係長だけに報告すること。情報を共有する人間が多くなると、失敗しやすいから」

「黒宮班は葉子さんをマークするということですね。そういえば魔女の日といわれる三十日は雨のち曇りという天気予報が出ていますけど、雨だとやっかいですね」

「雨は嫌よね。証拠が雨で流れたり、雨傘が邪魔になったり、防犯カメラだって、雨傘で体を隠されたら判別しにくいものね。裏を返せば、犯罪者にとって雨は好都合ということになるわね」

「となると、雨が降ると考えて対策を取っておく必要があるわけか」

退庁後に防水スニーカーでも買いに行くかと犬走は考えた。水に濡れた革靴は走りにくいからだ。

魔女の日の前日、愛知県警は「魔女の日」イベントを中止するように警告した。当日の三十日は日曜日ということもあり、人通りも多い。天気も晴天。通常の屋外イベントならおおいに盛り上がるところだ。

県警は名古屋市当局と協力して、白川公園を一部封鎖して、人員を配備した。しかし、参加者はSNSなどで「久屋大通公園」に集合して、ゲリラ的にイベントを開催することを予告した。さらに錦三や女子大小路などの繁華街でもコスプレした人間が昼だというのに騒ぎ回る事態になった。地下街などのトイレはコスプレに着替えるための臨時の施設へと変わっていった。

警察は大慌てで対応に追われることになった。管理官の嶺は現場に赴き、警備の指揮を執ったが、警察が予想した以上の盛り上がりを見せ、現場は混乱の極みに達しつつあった。

昼から犬走は水島と二人で一時間おきに自動車の駐車場所を変えながら、ずっと葉子の店を見張っていた。

魔女の日イベントにうまく乗ろうとしたのか、店に買い物に行った水島によると、葉子は魔女のコスプレをして接客しているという。入り口の飾り付けも魔女をイメージしたものに変わっている。

ゴールデンウィークの日曜日ということもあるのだろうが、客の入りはかなり良いみたいだ。

いくらなんでも営業時間に襲うことはないだろうが、油断は出来ない。

夜になって、至急報の無線が入った。

係長に連絡を取ると、真生の追尾に失敗したということだった。彼女はトイレで魔女のコスプレをすると、そのまま同じような衣装を着た集団に紛れ込み、その対応に追われるうちに姿を消したという。真生の人着(にんちゃく)、既ち犯人の人相や着衣は不明。たぶん目立たない服に着替えているか、男装している可能性もある。そんな報告だった。

黒宮と水島にも連絡が行っているはずだ。真生が魔女の日のイベントにこだわったのは、コスプレをして大勢の同じ衣装の人間に紛れ込むためだったのである。

時計を見ると、日付が変わる二時間前になっていた。結局雨は降らずに今は月が隠れる曇り空だった。

パン屋の入り口の明かりは消え、店のドアに「今日は閉店しました」という小さな看板が出ている。奥にある事務所の窓から明かりが漏れている。

時折、窓に三角帽子を被った魔女ふうの影が動いている。

犬走は目立たないようにネイビー色の薄手のパーカーを着て、ブラックジーンズを穿いていた。

エンジンを切り、窓を閉めているので車内は蒸し暑い。車外に明かりが流れていった。身を起こして外を覗くと、ホイールサイズの小さな折りたたみ自転車がゆっくりと走っている。

自転車に乗った人物はヘルメットを被り大きなマスクをして、自転車用ゴーグルをかけている。夜なので男女の別すらわからない。

犬走が座席に身を隠していると、自転車が再び戻って来るのが見えた。自転車はそのまま行き過ぎると、店から離れた場所に駐めてある自動車の陰に隠すようにして止まった。

犬走は音がしないように車から這い出ると、物陰に身を隠しながら自転車に近寄った。

小声で無線を使い水島と黒宮に連絡した。

あやしい人物は背中のリュックサックから何かを取り出しジーンズのポケットに入れた。それから辺りを見回して動き出した。

体格は真生に近いが、ダブッとしたパーカーだからよくわからない。メットとゴーグル、マスクはそのままだ。

人物は近くにある公園に入って行った。犬走と水島は無線で連絡を取りながら、公園の両側から公園内へと向かった。

夜中だというのにカップルがベンチに座っているのが見えた。もう一人パーカー姿の小柄な男性が街灯近くで人待ち顔で立っている。

メットやゴーグルを取れば、先ほどのあやしい人間に似ている気がした。犬走は離れたところで様子を見ることにした。

すると、誰も座っていないベンチから凄まじい音が響いた。防犯ブザーと目覚まし時計が同時に鳴り響いているのだ。カップルの女性が防犯ブザーよりも強力な悲鳴をあげた。ベンチから立ち上がった男性が、犬走に気がついたのか、指差して、何かを喚いている。

なにがどうなっているのか、わずかな時間ではあるが思考が停止した。

「どうしたんです」と水島が駆けて来た。

「あの人、覗きの痴漢です」と女性が喚いた。

水島とカップルの男性が、二人して突進して来る。

「愛知県警の犬走です」と声を出したが、興奮状態で耳に入らないのか、男が飛びかかって来たので、反射的に相手のジャケットの襟を掴み払い腰で投げ飛ばした。受け身を取りやすいようにセーブしたのだが、それでもアスファルトに叩きつけられて男は呻いた。

「大丈夫ですか」と声をかける。

「エーちゃん、なにやっているの」と水島が咎めるように言って来た。

「二人とも、あやしい者ではなく、警戒中の警察官なんです」と犬走は警察手帳を出した。

いつのまにか傍に来ていた女性が「警官だからって、投げ飛ばさなくてもいいでしょ」と顔を紅潮させて怒って来た。

そこに自転車に乗った地域課の制服警官が二人駆けつけて来ると「なにやっているんですか」と声を掛けられた。

水島が手帳を出して説明し始めた。

ふと、犬走は自分の任務を思い出した。

「しまった。水島、葉子さんの店に戻るぞ」

犬走はそう言うと、全速力で走った。後ろから「逃げる気か」とか「待ってください」という声が聞こえて来る。

走るのは得意だから、あっさりと後ろの連中を引き離した。店にたどり着くと、すぐに裏口に回った。侵入者が入りやすいように鍵は掛けていないはずで、中には黒宮が待機しているはずだった。

「葉子さん、大丈夫ですか」と声を出して、中に入った。

魔女のコスプレをした女性が、パーカーにメット姿の人間の手首を極めて、手錠をかけようとしているところだった。

床に転がされた人間をよく見ると、やはり真生だった。傍にはスタンガンのようなものがあり、真生がそれに手を伸ばそうとしたので、犬走はスニーカーで蹴り飛ばした。

「リュックサックに何が入っているか、調べて」と言うので、犬走は手袋を着けて真生からリュックを外し、中を調べた。

固形燃料とチャッカマン・ライターが入っていた。葉子を気絶させてから焼き殺そうとしたらしい。さらに調べるとビニール袋に包まれたタロットカードが出て来た。

中に入っていた物を黒宮に見せると「カードは魔女。グリムキラーの犯行証明としては、ちょっと手抜き感があるわね。それと現住建造物等放火罪の未遂も追加しないといけないかも」と嬉しそうに言った。

犬走は真生を立たせて、手錠を摑んだ。ふと真生の足元を見ると、スニーカーを履いていたが、違和感がある。

女性にしてはスニーカーのサイズが大きすぎる。自分のスニーカーと比べてみても、たいして違わない。

そういえば、過去の事件で二十七センチの足跡が現場で見つかっていた。つまりグリムキラーの犯行だと思わせたかったのだろう。

「班長、どうして魔女のコスプレなんかしているんです」

犬走が聞くと黒宮は「菓子を見ていたら、なんか私もしたくなってさ」と答えた。

「あなたたちはなにやっていたの。それになんか外が騒がしい気がしたんだけど」

黒宮の質問に、犬走は先ほどの騒動を説明した。

「それは多分、トリックを使って、自動的に防犯ブザーが鳴るようにして、注意を逸らそうとしたんでしょうね」

「だけど、真生さんは、俺たちが張り込んでいることは知らなかったんじゃ」

犬走は手錠を嵌められて、俯いている真生を見ながら、質問した。だが、真生は無言を貫いている。

「どうせ、いつものようにアリバイ工作のために、そんなトリックを使ったんでしょうよ」

「自分から、わざわざそんな騒ぎを起こすんでしょうか」

犬走は疑問を感じた。そういえばさきほど公園にいた小柄の男はどうしたんだろう。

　そこに水島と制服警官が入って来た。

「クロさん、コスプレ似合ってます。最高です」と水島は目を輝かせた。いつの間に黒宮のファンになっていたんだ。

「公園のベンチ裏に紐を引っ張るタイプの防犯ブザーが貼り付けられて、近くに昔風の目覚まし時計が転がっていました」

　制服警官が水島を横目で見ながら説明する。

「目覚まし時計はベルが鳴るタイプの物でしょ。時間をセットしてから、防犯ブザーの紐を時計のベルに繋いでおく、するとベルの振動で時計が落ちる。その反動で紐が引っ張られて防犯ブザーが鳴るというわけ」

　黒宮は現場を見てきたかのようにトリックを説明した。真生が使うトリックは「時間差」という共通点があるので、予想がついたのだろう。

「ところで、公園にいたカップルはどうしましょう。怪我をしたと男性が騒いでいるし、女性も覗きがどうのと言っているんですが。それと学生が一人、公園から走り去ろうとしていたので、現在職質中です」

　制服警官の言葉に、水島が「エーちゃんは男に身分を名乗ったし、それなのに男は飛びかかって来たんだから、正当防衛というか、公務執行妨害だよね」

「文句があったら、本庁に言いなさい。とガツンと言って来なさい」

黒宮が厳しい口調で言うと、制服警官は「わかりました」と答えた。

黒宮がスマホで係長に電話をかけると、やがてパトカーのサイレンが聞こえて来た。


本庁では日付が変わったというのに、大騒ぎだった。

黒宮班は係長にこってりと説教された。真生を現行犯逮捕したのはいいが、公園での騒ぎと黒宮がコスプレして囮になったことを責められたのである。

公園から逃げ出そうとしていた学生は高校生で、彼から聴取した話だと、稲沢の児童被害者の一人である女子の兄で、昨日の夕方、ポストに「あなたに伝えたい大事なことがあるの。午後十時、○○公園に来てください」というワープロで書かれた女の子らしい可愛い手紙が入っていた。そこで好奇心もあって、友人と二人で来ていたと証言した。友人は近くで見張っていたが、防犯ブザーに驚いてすぐに逃げていったそうだ。

それを聞いた黒宮は「トリックのための騒ぎではなくて、被疑者に仕立てるために、その学生を呼び出したのね。騒ぎで公園から逃げるのを目撃されれば、あやしく思われるし。わざと被害者たちの関係者から真生によく似た人を選んだんでしょうね」と話した。

取り調べは朝の九時から、取調室で始まった。

真生は拘置所でぐっすり寝たのか、すっきりした表情をしている。

黒宮が調書を取るために、名前、住所、本籍などを尋ねたが、真生は無言だった。黙秘を貫くつもりのようだ。

「駆け引きするのは嫌だから、こちらの切り札を晒しておくわね」と黒宮は宣言したが、真生は顔を伏せているので、表情はわからない。

犬走は出入り口近くに置かれた机にノートパソコンを設置して、調書を作成する役割だ。女性が被疑者の場合、女性警察官を同席させるのが普通だが、黒宮がいるから問題はない。入り口のドアは開かれ、中が丸見えにならないようにパーテーションが立てられている。

「さて、あなたが履いていた二十七センチのスニーカー。『赤ずきん』事件の現場と

『青髭』事件と同じ足跡と認定されたわ。残しておいて、偽のグリムキラーに履かせて自殺にでも見せかけようと考えたんだろうけど。仇になったわね。次にあなたが通っていた専門学校。令状を取って、今照会しているから、そこであなたの音声データを入手すれば、特殊詐欺の被害者に聞かせて、あなたが詐欺団ベータに所属していた通称『レイン』と判明するでしょうね。そうなると同じ詐欺団の『クライ』こと石田。『チキン』こと加納を殺害したことに繋がるわけ」

ここで一呼吸置いてから黒宮は続ける。

「まずはグリムキラーの誕生秘話からね。布団代わりの寝袋で寝ていた石田を絞殺したはずが、その後息を吹き返し、寝袋から腕を出している石田とスマホに気がついて、再度首を絞めて殺害した。その時、石田が何かを口に入れて、飲み込んだことを知った。頭の良いあなたはスマホを見てSDカードが無くなっていることから、石田が飲み込んだのは情報を詰め込んだSDカードだと考えた。寝る前に手が届く場所にスマホを置く人は多いし、石田はいつでも組織の情報を処分出来るようにSDカードに全て入れていたんでしょうね。そこで石田が死んだことを確認してから、腹を割き、カードを取り出さざるを得なくなった。そのままだと、石田のお腹から何かを取り出すためということがすぐに分かる。そこであなたは赤ずきんの狼のことを思いつき、見立て殺人に見せかけた。そうすれば、本当の動機が隠蔽出来る。童話の見立てを強調するために、様々な細工を施したというわけ。でも、その後の殺人もグリムキラーとして面倒な作業をこなしていったのは、ひょっとして別の人格を楽しんでいたのかしら」

犬走は調書作成の手を止め、黒宮の推理に心の中で拍手をした。黒宮がSDカードを手に取って「『赤ずきん』事件の死体検案書を見ればわかるわよ」と話していたことを思い出した。喉の擦過傷はカードを飲み込んで出来たのだ。真生が加納の情報を得たのも取り出したカードからだろう。

「ここからは動機の解明。あなたは石田の新しいシノギである暴露系チャンネルに誘われた。だけどあなたは神尾智也と付き合って、将来は資産家の智也と結婚して悠々自適な生活を送ることを望んでいた。逃亡中の石田には殺害現場であるメゾン小林を紹介した。これはあなたが以前に内見したことがあってガメツイ大家を知っていたからできたことね。そしてまずは邪魔な石田を殺害、そこで入手したスマホから『チキン』こと加納が暴露猫チャンネルを主宰していることを知る。メールアドレスしか分からないから、グリムキラーを餌にして、殺害現場に呼び出して殺害。こうして『レイン』を知る二人の口を封じた。グリムキラーという架空の人物を創って動機を隠蔽したのかもしれないけど、一旦本当の動機がわかってしまえば、脆いものよね。石田も加納も脛に疵持っている身だから、童話の悪役にするのは簡単。だけど、『白雪姫』事件については少し苦労したわ」

黒宮はそこまで言って、紙コップからミネラルウォーターを飲んだ。真生の前にも紙コップがあり、お茶が入っている。

「池澤朋子については娘の優香ちゃんがポイントね。あなたは優香ちゃんのシッターをしながら、お妃のように贅沢な生活をしている朋子に憧れていた。経済的に困っていたあなたは嫉妬とお金のため盗みに入った。合鍵の場所は知っていたから、それを使い家に入った。朋子がいつも昼寝をしている時間のことはわかっていた。そのときに娘の優香ちゃんが起きて、まとわりついてきたので、声を出されると朋子にバレるとでも思い、口を塞いでいるうちに優香ちゃんがぐったりした。そこで優香ちゃんをベッドに横たえ、鍵を掛け、合鍵を元通りにして、逃げて友人と会ってアリバイを作った。ところが、離婚して名古屋に帰った朋子は金に困って、アクセサリー類を処分しようとした。そして事故死の時に盗難に遭っていたことを思い出し、真相に思い至った。それからあなたのことを嗅ぎ回り、シッターとして雇ったときに、あなたが名古屋出身だったことを思い出し、あなたに辿り着いた。それで、あなたを脅迫したんでしょ。朋子が母親に言っていた、お金が入るアテとはあなたのことよ。困ったあなたは理由をつけて、黒川駅付近の空き工場に彼女を夜中に呼び出し、酒を無理矢理飲ませてから、殺害した。これが『赤ずきん』から始まる童話殺人の動機の全て」

真生は顔をあげた。無表情だが目を細め、首の後ろで両手を組むと、今度は天井を見上げて黙り込んでいる。

取り調べ二日目。被疑者は逮捕してから、四十八時間以内に検察に送致しないといけない。三件の殺人については、家宅捜査などで裏付ける証拠が出て、公判維持は出来るだろうが、被疑者の自白は得られていない。

黒宮は今日中に自白を引き出したいと思っているだろうが、真生は相変わらず無言だった。海千山千の犯罪者でも完黙はなかなか出来るものではない。

「小さい頃に両親が離婚して、母親があなたを引き取り、兄を父親が引き取ったのよね。父親は東京に仕事を見つけて引っ越して行った。公営住宅に住んでパートをしてあなたを育てた母親を捨てるようにして、父親を頼って上京したのに、父と兄は行方がわからない。そこで、バイトを掛け持ちしながら、通学した。奨学金がなければ大変だったでしょうね。優香ちゃんの事件がなければ、声優の素質があったあなたは夢を叶えられたかもね」

真生は珍しく顔を上げ、冷笑的な表情で、紙コップからお茶を飲み干した。

「エーちゃん、ここからは雑談だからね。父親といえば、私も酷い目に遭ったのよ。学生の頃、父親が大学の准教授をしていて、私の親だから今で言うイケオジだったの。女子学生に執着され、あげくの果てに性的暴行を受けたと告訴され、繊細な神経をしていた父親は留置場で着ていたワイシャツを破って紐状にして自殺。裁判とかで晒し者にされるのが死ぬほど嫌だったんでしょうね。その後、訴えた女性が全て嘘だったと告白。つまり誣告によって父親は亡くなったというわけ。その後、私は国家公務員一般職試験に合格して警察庁に採用された後、愛知県警に三年前に配属されたのよ」

「えっ、冤罪で父親が自殺したのに、わざわざ警官になったの？　どうして」

今までの無言を忘れたかのように真生は口を開いた。

「試験に受かってからは、警察庁に採用されるように自分から希望した。研修や警視庁での下積みは大人しくしていてやっとここに、父親を自殺に負い込んだ愛知県警に配属されたわけ。母親の苗字を名乗っていても、経歴を見れば、私が冤罪により自殺した父親を持つことはわかったんでしょうけど。当時の冤罪事件の関係者だった課長が口添えをしてくれたらしいわ」

黒宮の「雑談よ」という言葉で、犬走のパソコンの調書作成の手は止まっている。犬走は黒宮の話について考えた。それで課長は「冤罪は御免だ」と言っていたのか。それにしても黒宮にそんな事情があったとは知らなかった。

それと同時に、管理官のあの侮蔑するような態度の意味を知った。

「それで、父親の復讐をするために、お姉さんは刑事になったというわけね」

それは違う。と犬走は思う。閉じていた真生の心を開くために、黒宮は自分の過去と秘密を打ち明けたのだ。黒宮が復讐のためにわざわざ準キャリアになって、愛知県警に配属されるようなことまでするとは思えない。

甘い考えだが、黒宮の動機は冤罪をなくすためだと、犬走は信じたかった。

「それは秘密。エーちゃん、記録はしていないわよね」と黒宮は振り向きながら確認した。

「最初は復讐なんていうような大袈裟なものではなく、嫌がらせに近いものだったの。わざと警察庁を希望して、もしも、私を排除しようとしたら、それをネタにマスコミに流そうかと思っていたら、あっさり認めてくれたから、たぶん火種を作りたくなかったのかもね。それ以降は腫れ物扱いされ、ある程度自由にさせてもらっているというわけ」

真生は「自由か。うまくやったわね」と黒宮を見つめた。一つ間違えば、自分が黒宮の人生を手に入れていたかもしれない。そんなことを考えているように思えた。

「じゃあ、仕事に戻りましょうか。真生さんの一連の犯罪の原点は神尾智也と結婚して、悠々自適な生活を送ることでいいかな」

黒宮の取り調べは再開されたが、真生は再び黙ってしまった。

「また、黙秘権の行使か……しょうがないわね」

腕組みをした黒宮は、やれやれというように首を振り、床に置いていた紙袋から証拠品用ビニール袋を取り出した。

真生の前にそのビニール袋をゆっくりと置いた。顔だけ前に倒すようにして、ビニール袋の中身を見つめた真生は何かを思い出すように見つめ続ける。

「それはさ。『チキン』こと加納健太が大事に持っていたゲームボーイのソフト。裸ロムの周りをコーティングして、キーホルダーに付けていたの。暴露猫チャンネルのカメこと塚本によると『子供の頃の大事な記憶が詰まった宝物』だそうよ。そこに『ケンタ』と『まあ』と油性ペンで落書きがしてあるでしょ。古い物だから、字が擦れて読みにくくなっているけど。『ケンタ』は健太、『まあ』は『まお』の書き間違いあるいは部分的に字が消えたのかも。それにあのシーザー暗号。加納も子供の頃に、同じ暗号で遊んでいたらしいわね。真生さんも兄妹で秘密の通信に使っていたんじゃない」

「やめて！」今まで黙っていた分を吐き出すように真生は大声を上げた。声量がすごく、部屋中に響き渡った。立ち上がった真生は髪の毛を掻き毟った。彼女に繋がれた腰縄が伸びきり、パイプ椅子が音を立てる。

「健ニイ。そんな。なんでこんなことになるのよ」

騒ぎを聞きつけた女性警察官二人が部屋に入ってきた。黒宮の指示で真生を両側から押さえつける。

椅子に座らされ、机に両腕をつけ、頭を乗せた真生は泣きじゃくった。

「加納は犯罪を行うために、養子縁組をして苗字を変えていたから、気がつかなくても仕方ないわ。石田はあなた達兄妹を両腕として重宝していたようだけど、どこかで二人の共通点を感じていたのかもしれない。あなたはグリム童話を利用して犯罪を犯したけど、結局童話にしっぺ返しをされたわけ。童話『ヘンゼルとグレーテル』にあるように兄妹で協力出来ていたら、魔女を倒して財産を手に入れ、幸せな生活を送れていたのかもしれないわね」

黒宮は突き放すように冷たく言った。

真生の狂態と加納が大事にしていたゲームソフトに書かれた「ケンタ」と「まお」の字からして、真生と加納は小さな頃に生き別れた兄妹だったのだ。つまり真生は兄と知らずに加納を殺害したことになる。

童話『ヘンゼルとグレーテル』で言えば、妹のグレーテルが魔女から兄のヘンゼルを助け出すのに、現実では妹の真生が兄の加納を殺害してしまったのだ。ギリシャ悲劇のような無慈悲な話に、犬走は心底暗い気持ちになった。あらためて童話の内容を思い出した。たしかに童話のラストは、兄妹で魔女の財産を手に入れ、幸せに暮らすというものだった。

　再び顔をあげた真生の表情は血の気が抜けたように青白い。思い切り泣いて心が軽くなったのか、別人のように素直に真相を話し始めた。

※　※

　黒宮は最初に「切り札を晒す」と言っていたが、最後に一番の切り札を用意していたのである。

　取調室を出た黒宮は解放された喜びからか、大きく背伸びをした。表情に疲れが見えるが、頬はほんのり赤い。犬走と目が合うと、照れくさそうに髪の毛を撫でた。

　黒宮に労い(ねぎら)の言葉をかけようとしたその時、犬走のスマホが鳴った。画面には妹の名前が表示されている。

「わざわざ、パンなんて買ってこなくても良いのに」

　久しぶりに聞く史花の声だった。犬走は黒宮の助言に従って、ひたすら謝り続けた。

仕事中なので、今度食事をすることを約束して電話を切った。
「いい謝りっぷりだったわね」と黒宮はいたずらっぽい笑顔を見せた。

この物語はフィクションです。作中に同一の名称があった
場合でも、実在する人物・団体等とは一切関係ありません。

宝島社
文庫

赤ずきんの殺人
刑事・黒宮薫の捜査ファイル
（あかずきんのさつじん　けいじ・くろみやかおるのそうさふぁいる）

2023年10月19日　第1刷発行

著　者　井上ねこ
発行人　蓮見清一
発行所　株式会社 宝島社
〒102-8388　東京都千代田区一番町25番地
電話：営業 03(3234)4621／編集 03(3239)0599
https://tkj.jp
印刷・製本　中央精版印刷株式会社

Printed in Japan
ISBN 978-4-299-04725-0